有温度有质感的大唐风骨
有颜面有尊严的当代诗歌

顾　　问　黄新初　吉狄马加

主　　任　梁　平　宋　凯
副 主 任　张新泉　李　怡
编　　委　尚仲敏　姜　明　陈海泉　赵晓梦
　　　　　凸　凹　彭　毅　李明政　千　野

主　　编　梁　平
执行主编　熊　焱

副 主 编　李海洲（特邀）
编辑部主任　桑　眉
美术总监　宋　早
责任编辑　程　川　蔡　曦
发稿编辑　李龙炳　余幼幼　张晚禾　吴小虫
责任校对　蓝　海　安　素

出版发行　四川文艺出版社（成都市槐树街2号）
网　　址　www.scwys.com
电　　话　028-86250287（发行部）028 86259303（编辑部）
传　　真　028-86259306
邮购地址　成都市槐树街2号四川文艺出版社邮购部　610031
印　　刷　成都市新都华兴印务有限公司
成品尺寸　185mm×260mm　　开　本　16开
印　　张　6.5　　　　　　　 字　数　160千
版　　次　2021年05月第一版　印　次　2021年05月第一次印刷
书　　号　ISBN 978-7-5411-5983-1
定　　价　15.00元

投稿 / 联系邮箱：ctsk2016@126.com
电话：028-61352760/86640163
地址：成都市锦江区书院西街1号亚太大厦7楼草堂诗刊社

图书在版编目（CIP）数据

草堂. 第57卷 / 梁平主编. -- 成都：四川文艺出版社, 2021.5
ISBN 978-7-5411-5983-1

Ⅰ. ①草… Ⅱ. ①梁… Ⅲ. ①诗集 – 中国 – 当代
Ⅳ. ①I227

中国版本图书馆CIP数据核字(2021)第058990号

Contents
目 录

2021-05（总第57卷）

[封面诗人]_ 4
田　禾_长江每天从我身边流过（组诗）
田　禾_诗与当下
刘晓彬_农耕文明与城市文明双重视野下的写作
　　　　——简评田禾的诗

[实力榜]_ 18
刘棉朵_我的时间是一枚失效的药片（组诗）
道　辉_回到里面去（组诗）
邓诗鸿_苍山负雪（组诗）

[非常现实]_ 34
榆　木_煤矿工人的一天（组诗）
师力斌_广阔的父亲（组诗）
王二冬_此刻人间的暖（组诗）
赵大海_蚂蚁的重量（组诗）
泥　文_在车间僵硬的地面上

[最青春]_47
王 超_飞翔的事物都是蝴蝶（组诗）
罗霄山_现在我们开始返回（组诗）
杨依菲_写作杂技师（组诗）
马青虹_失眠侧记（组诗）
苏 玟_在黄昏时，抵达吐鲁番盆地（组诗）
周 兴_正午的县城火车站
王方方_墓地
王近松_雨下在外面的世界
林忠成_乌云划不动天空（外一首）
张光杰_银河、落日和母亲（三首）
野 老_夜色里（外一首）

[大雅堂]_61
李曙白_悲伤书（组诗）
刘 涛_世界与我（组诗）
李 强_乡村记忆（三首）
张敏华_想做的事（组诗）
易 飞_植物学（外一首）
陈 克_秋日的闲庭（三首）
莲 叶_恍惚半生（三首）
黄 舜_柔软的清晨（外一首）
文佳君_反复抒情的草木私语（三首）
霍效忠_惊鸟发出清响（三首）
徐 赋_小满（外一首）
卫 庶_千萃山偶拾
杨建虎_这一树花
于成大_秋分词（外一首）
南 歌_石雕记（三首）
宋北丽_清明辞（三首）
杨发勋_鸟巢（三首）
王长征_在双桥

[独白与对话]_82
·现实主义精神的传承与创新·
陈 卫_镜像的现实与诗性的现实
　　——兼论"现实"的多种可能

[诗歌地理]_88
·《草堂》走进郑州·"拾壹月"诗社小辑·
夏 汉　子非花　田 桑　李 品
卢子璋　见 鱼　雁 如　金启明
牛 冲　薄 荷　陈 平

[子美逸风]_101
杜悦竹　瞿茂松　陈 阳

封三 绘画/《野望3》张月瑶
　　　诗/《颜色》梁 平

封面诗人
Featured poet

长江每天从我身边流过（组诗）

◎田 禾

[黄鹤楼]

黄鹤楼耸立在蛇山之巅
于白云苍茫的水天浮起
像一只扑腾着翅膀的黄鹤
做一个凌空欲飞的姿势

它是一座楼的身体
但有一只鹤的心脏
有一颗诗歌的灵魂
呼吸着一条大江
用翅膀小心地护着一座城市

登楼，骑鹤直上，脚底
生风，楼顶上停着白云
楼一层一层地上升
太阳照矮了苍穹
风的梳子梳着流水

编钟在第三层敲响
历史在这里留下了回声
登楼，我索性留一层不登
我始终坚信，总有最上一层
人永远不可攀登

[木炭火]

一场雪下了一尺多厚
几乎所有出行的道路都被封堵
父亲为我们生起一盆木炭火
全家人打拢板凳，围在一起
亲情是另一团火焰
使贫穷的家显得异常温暖
火盆里，蓝色的火苗向上蹿动

这一年外公在我们家过冬
还有从隔壁过来烤火的四爷
他们都是村里有文化的人
外公温酒的壶盖上落了一层灰
他与四爷一边饮着烫热的酒
一边谈着前朝的事。我听得出来
他们知道的真多，都为项羽在
乌江自刎同时发出一声感叹

风从门缝吹进来，火苗呼呼地响
两个弟弟在炭火边烤着红薯
父亲没有过多的言语
他抽着劣质纸烟，低着头
不时把烟的灰末弹进火中
我们都坐到深夜
直到所有木柴在火塘里燃尽

[船娘]

那条船画进了陈逸飞的油画里
穿蓝花褂子，裹蓝色头巾的
像青花瓷一样的女人
她们有一个共同的名字：船娘

船娘把木船娴熟地摇来

我们上船，船体向下一沉
船底的压水线猛然上升。船一晃
她把竹篙往河边的石头上一点
船很快稳住，立即听见
船橹划响水波的声音

船娘的生活，在一条水路上
铺开，吴歌昆曲唱起来
她身体向前倾，怀里抱着风
摇呀摇，船到目的地的距离
刚好一支昆曲那么长

她叫红喜、小莲、杏儿、秋香
或许不是，她一定有个好听的名字
我没去问，我更喜欢叫她船娘
她满身都是江南该有的模样
摇曳着身姿，把我
烟雨里的乡愁摆渡到梦的出口

[自画像]

曾经梦想当一名三国里的英雄
有一腔热血，有一身虎胆
可最终没有倒在英雄的路上
年轻时在村里耕田、种稻、割麦
向大地弯下卑微的头颅
村口巴掌大的池塘
是一块椭圆形的镜子
我从来没有看清自己的面容
后来在城市的工地上搬砖、扛水泥
我吞吃着灰尘，灰尘也吞吃着我
没有躲过哪一年的寒冷和暑热
再后来写诗，经常去水果湖一个
拐角的书店里买诗集
趁间隙出去赚回养家的银子

写诗写到老了，最后的收成就剩下
一堆词语的废墟，和一头白发
身体被岁月磨薄了
发胖的部分，是多出来的毛病

黄昏我数着城市的灯火
风在我人生的秋天数着黄叶

[山 路]

泥土和沙石铺就的山间小路
一头通往对面的山顶
一头连着村庄和池塘
山路弯着走，小溪竖着流
溪水从高高的岩壁上流下来
形成诗人最喜欢的瀑布

风吹着草木也吹着砍柴人
砍柴人的刀斧闪着冷光
拦在路上的荆棘，他会砍掉
也把山路越削越陡
让一条路在悬崖上挂着
自己又在这条路上走一生
或比一生多一秒

有时山路是一条末路
很多人从这里走出去再没走回来
村民死后都从这里抬出去
葬在更高的山顶
靠着峭壁，贴着白云
一朵花像提着一只灯盏
照着他的前生和来世

[冬至]

天越来越冷，零下十度
是这些年少有的低温
雪落三寸，地冻五尺
山峰凝冻在它的耸立中
芦苇僵冻在它的摇曳里

天上最轻的雪，落到
地上是最重的寒冷。雪花是
六角形的，昨晚的月亮是圆的
于是我有了哲人的发现
雪花的寒冷是月光的六倍

"好冷！"出门担水
和洗菜的人，都这么喊
他们在村口留下的脚印
很快又被风雪抹掉
屋檐下悬挂的冰凌，多年后
被我们称为岁月的骨骼

门前的路打滑，弟弟穿着
笨重的棉袄，出门摔了
一跤，滑出去很远
一下从冬至滑到了小寒

[小寒]

七爷硬是没熬过这个冬天
深夜一盏冰凉的灯火
照着他死去，三片雪花
把他抬进了土里

小寒，名曰小，实为最
雪停了，但天冷到了极致
肆虐的北风对着村庄咆哮
小河流淌的声音凝固了

流水和残叶冻在了一起
一炉火也能被冻住
黑夜像被冻住了
鸡叫了几遍，天还没亮

寒冷的人只知道拼命地干活
父亲去给油菜拉粪，间苗
奶奶在园中找回了我们的午餐
冬修水利的人去了挖渠工地

小寒还是我二婶娘的名字
她出生的那天正是小寒
父亲取这个似乎晦气
的名字，让她苦寒了一生

[乡下没有一条不拐弯的路]

长久地走在路上
走一段，就拐一道弯
有时连续不断地拐弯
大路多数绕着河流拐弯
小路多数绕着山盘旋
天下没有一条路是直的
弯道尽头，马邦子越走越远

乡下没有一条不拐弯的路
有一条路一直伸向远方
途中拐过一道弯又一道弯
最终到达更远的城市
去往远方的人，留下一双鞋子
扔下一条路，再没回头

我从小就习惯了这种拐弯的路
拐弯的路越到山前拐得越急
牧人拐过弯上了山坡
孩子拐过弯进了学堂
赶集的人，走着一条弯路
去了镇上。父亲去耕田
从云缝里牵出一条山路回家

[葡萄熟了]

四野的谷子黄了
葡萄就熟了
葡萄从藤叶的缝隙间挂下来
我爱她们的羞怯和含蓄

一颗葡萄是我最小的故乡
我用指尖丈量她
抚摸她完整的血脉和皮肤

[长江每天从我身边流过]

长江每天从我身边流过
从我生活的这座城市匆匆流过
浩渺的江水把一座城市
三分天下：武昌、汉阳、汉口
还分出江北、江南
我的朋友从江北过来
淋湿在江南的烟雨中

住在长江边，生活总有
永远拧不干的水滴
水中有灯火、星光和游鱼
两岸的码头依旧拥挤
每天有那么多坐轮渡过江的人

江边有我席地而坐的草坪
轮船走过去要拉一阵长长的汽笛

水从唐古拉山脉流来，瞬间流走
从来没看见它停下来歇脚
它在暮色里匆忙地赶路
流水走过的过程
把长江的长度丈量了一遍

[老 屋]

我至今犹记，我的老屋
像乌鸦的翅膀，搭建的屋檐
屋里的白天也像黑夜

门前的草垛被冰雪
压得塌陷了许多
隔壁的一头驴子，拉着石磨
从清晨走到天黑

泥巴墙，由于风雨的侵蚀
墙体斑驳，大面积龟裂
唯一的窗户没有玻璃

父亲眼巴巴地盯着墙面的裂纹
一片黑瓦差点从檐角掉下来
他急忙塞了回去

老屋屏住呼吸地立着
仿佛只要松一口气就会垮掉
生活不会停下来
这样的房子，我们还要住下去

诗与当下

◎ 田 禾

1

现在诗歌越来越难写了，不仅如此，诗人也时常陷入尴尬的境地。当我们谈某一个诗人的现象时，要么不屑一顾，要么哄堂大笑，要么诅咒谩骂……这种现象不只是在一般场合，如老百姓群体中，职业文人或大学知识分子中间，这种对诗人的认知态度，是历史上从来没有过的。为何诗人的形象沦陷到如此的地步？这的确让我困惑又痛心。写诗歌写了大半生，头发都写白了，眼也花了，身子也垮了……有人说，诗可以疗伤。果真如此，我们又何求写诗不只是为了自己写？还要与人分享、与人共鸣和与人拯救？

有段时间，我把自己关在屋子里不愿出门，有点像养生修行"辟谷"的状态，不吃不喝，不说不唱，只服诗歌元气，只沉默在自己过去写的诗歌里，不停地反省和发问，我写错了吗？好诗在哪？经典在哪？如此反复地在自己的诗歌围城中寻找突破。这种寻找愈来愈强烈和急迫，反而更加重了我的一种使命感和责任感：我要写出更好的诗歌！

2

诗与当下。这个关系让人如此地感伤又无可奈何。我以为在这时代写诗和做人发生了错位。诗是诗，人是人，我们在进入一首诗的创作时，诗的场景早已存在，那些人物和道具舞台，都是我们曾经发生过的思想或感情的冲突的影像，却在另一种戏剧化的事物叙事中，找到了互为对应的重合。我在动笔之时，这个重合的事物，就把我的原生态覆盖了。这个现象正是我在前面论及的显像。一首诗的显像存在，对于自然的原创性是一种复制，诗人们都在复制诗歌时，这个时代就没有诗性的物像了。事实上，我们在寻找诗歌的真实上，已经迷失了作为诗性主体的审美趣味和情感。

一首诗的存在是有血肉情感的，对于这个，我想每个诗人都有他的感受。但往往被忽略的是审美的形式和思想性，要呈现诗人对事物理性智慧，提升一首诗的品格和品位。

3

生活在诗性世界,当我在诸多现象中迷惑而不能自拔,往往是诗性的事物将我唤醒,并在一种自我的能动中,走完一个新的场景!写作再从原创中进行。这是我当下的心境状态。一切都不同于以往的生活,关于乡村和乡土诗,在我的童年时代,早已注入了命运的色素,那是灰色的。我的意识在文学上是没有童年的,正因如此,在我的诗歌叙事中,几乎没有太多的抒情的表现性语气和语境,近乎苛刻的冷静和平静的叙事,让我有时感到置身事物之外。

也许,这种理性的知觉成为一种写诗的惯性和思维定式,现在这种定式成了写诗的某种阻碍,使我对情感化的语言表现具有了免疫力。当我不能深入地接受非叙事性的语境,表达意象和情感时,我有强烈的拒绝的意志,稳定的叙事结构和观念早潜入到我的情感深处,引领和控制了我对一首诗的自由发挥,有时会如卡了脖子似的让我难受甚至窒息感。绝对化的语言叙事结构应是我寻找新突破的口子。

4

近两年,我写了一些随笔游记和散文化的作品,并结集出版了,这也是处于我对乡土诗写作的一种突破方式,尝试着一种新的写作。比如小说和戏剧的叙事,更适合我这种冷静叙事的表达能力。有许多诗人都开始写小说和电影剧本了,有的还赚了大钱。事实上,我的讲故事的能力不亚于别人,而且我的每一首乡土诗,都是一个故事,在结构上更接近小说叙事。有人说我写的是一种集体化乡村史诗,是对遗忘的现实的一种记忆和记载。这些评价我不以为然。诗就是诗,代表了诗人内心世界的最高表现和诉求,没有太多的外在的标准与定义,但在表现上可有多种形式,比如小说也是可以写成诗性的东西。莫言的小说就很有诗性,是理性的抒情,或抒情的理性,诗在于诗是文学灵魂的自由。

这一点我能在作家和艺术家的诸多生活诉求中感觉到,又比如路遥的小说,是灵魂自由的深层诗性表达,在其语言的运行中,有着诗一样的激情,但他用的是诗歌叙事结构。我在不同的乡土诗体裁上,用的又是小说叙事人物之语境,这或许是我在诗歌上找到了自己的表达方式,但这又是我诗歌的局限性。如何在这两者之间穿插和互为融合,这是我在未来写作上的一个拓展方向,让我的诗歌生命活在永恒的灵魂自由中!

5

"诗是一门关乎心灵自由的艺术",诗评家冯楚如是说。我以为应当在诗的本质上去认清何为自由?有表达的自由,表现形式的自由,内心选择的自由。我在《喊故乡》一诗中,反反复复地咀嚼这个问题,似乎找到了答案。任何个体都没有绝对的自由,自由是相对的,比如我的故乡近在咫尺,我却无法回去,故乡总在路上。这促使我在有限的空间内,追求诗歌自由的相对性,在乡土归去来兮中,不断从时空地理方向上思考故乡的存在性,能从精神的纯粹上缩短故乡的距离。这些经验促使我在实际生活、阅读和创作中,不断地进行融合,使诗歌活在当下。

喊故乡是我一个根本性的命运,带有我个人的宿命感。我是一个很早就离开故乡的人,从某种意义上讲,故乡是一个人的童年,一个没有了童年的人，是无所谓故乡的，但恰恰是我在命运中的巨大的少年心理叛逆和来自故乡的文学虚无感。我内心不断地抗争和拒绝关于故乡的存在，越是这样，越是感到故乡无处不在，犹如空气充满了我的灵魂。

我从出生那一天起，苦难就一桩桩一件件在我的眼前出现，包括人性的一切被屈辱被损害被欺骗被驱逐……在我幼小的心灵里是没有故乡这个概念的。我后来在城里发生的一切，显然与故乡的背离有很大关系，真正的写诗也是从这里开始，我从这里寻找故乡的存在，到底是我背弃了故乡还是故乡背离了我？或者故乡是一个人的命运的完整性归于零的状态？我还要好好地思考。

6

一切伟大的诗人作家，其创作的经典意识都是从拷问故乡开始的，这个是文学史上的共识。从近现代的鲁迅，到当代的路遥和莫言，他们的文学叙事多从故乡的拷问和记忆开始。但当代诗歌中能写出故乡经典意识的作品几乎很少，这个现象值得研究，也正是这没有故乡的自由性抒写，而使当代诗歌缺少了根的命名，诗歌也缺失了灵魂的重量，这是为什么当代诗人不能产生伟大作品的一种焦虑，我也在这种焦虑之中。

所以，我反复地阅读自己过去的作品，特别是在乡土诗方面，我成了一种乡土的文化标签，这让我更加意识到个人的使命。在当下若不能从乡土意识上回到最本质的叙事，故乡在空中楼阁之上挂起来空喊，那就不能叫当下的写作，也不接地气。

乡土诗从自然生态到超自然的异变，我们的故乡并没有活在诗里，或者以另一种形式，进入我们陌生、冷漠、无趣的历史记忆和文化游戏之中，而实际的乡土依然存在于我的生活消费的过程。比如农民工、留守儿童、空巢老人、扶贫干部……这些身在故乡却无故乡的命运显像，是我在过去的诗歌中所关注的特征，已发生了本质变化，旧的闰土和新的闰土互为表里，不知其可有可无的状态。

喊故乡是否有乡土生命的回音，那带血的破嗓子在此显得多么地苍白无力。写诗变成了当下生活中的一项体育运动，马拉松式的长跑，在趋向故乡的文学命运中，我独自守望我的乡土意识，或这就是我的最近的故乡，寻找一种精神上的故乡，正是当代人最稀缺的资源。

7

陈超是我较为钦佩的当代诗评家，他在生前强调过："他们写古朴的乡村，写雪地和蝉鸣，仅仅是为了消费生命的疲倦。诗人们感到的东西不是这些，他们如果写下骨子里所体验到的生存实在，可能会被诗歌圈里的人小视。"这段话对我触动很大，也给我很深的启发。诗人不能浮在表面上下功夫，要沉入内心的痛感和时代的真实，不能把诗作为一种娱乐消费的过程，应是一种精神的淬火与熔炼，唯有守望诗歌的本质精神，才是我们最后的自救。对于永恒的乡土精神之坚守，也是我最后的诗歌的宿命和使命，我要写出乡土的灵魂和骨头。春天又来了，我得去故乡山里田间地头走走。我也是山里的一条路，我的路我自己走。

农耕文明与城市文明双重视野下的写作
——简评田禾的诗

◎ 刘晓彬

【一】

二十世纪八十年代,是一个诗性流溢、诗情澎湃、诗心纯真的年代。那个时候,诗歌创作重新获得了自由,诗歌人性重新得到了认识,诗人更是受到了格外的关注和尊崇。于是,年青的田禾怀揣着儿时的诗歌梦想,来到举目无亲的武汉,在时任"湖北省青年诗歌学会"会长饶庆年的收留下,从此踏上了诗路。田禾在进入诗坛之后,一直在用诗歌"感化生命、支撑生命",他的作品中那种充满浓厚的泥土气息和悲天悯人的情怀,以及"诗人要像农民掘地一样挖掘内心"的严肃创作态度,便显示出一种"达则兼济天下"的思想倾向。田禾在来到城市打拼之前,就已经在乡村走过了二十年艰难曲折的生活道路。因此,乡村成为他含在眼眶里的泪水,成为他流在血管中沸腾的热血,成为他埋在心里深深的痛。这些都已经在他的心中留下了深刻的乡村标识,比如从他写的《土碗》这首诗作中,我们就可以看到他的父老乡亲:"土碗里盛满米饭 / 农民端在手里 / 生命随着一碗米饭 / 而延续下来 / 土碗里没有米饭了 / 吃饭的人 / 也永远不再吃饭了 / 土碗倒扣过来 / 就变成了 / 一个农民的土坟"。田禾的乡土诗,在中国当代诗歌中,犹如一种回光返照式的现实审视,给生活在乡村的农民带来一丝温暖和些许慰藉。正如诗人绿原所说:"田禾的诗不是硬写出来的,而是从心里流出来的。"以及诗评家谢冕所感叹的那样:"田禾笔下的乡村是那样地让人牵肠挂肚。"而且田禾这种扎根在灵魂深处的乡村情结，重新拾捡回了曾经被遗失或被遮蔽的乡村深处的人性。

在田禾这几十年的创作中，最能反映田禾诗歌才华以及对现实社会和对乡村生活敏锐洞察力的，是他的诗集《大风口》《喊故乡》《野葵花》，这三部诗集收录的诗作均创作于不同时期，以一种独特的艺术感知能力，将诗人乡村生活的体验与主体心里的构成融合在一个情感支撑点上。所以，田禾在诗的世界里，挥洒自如。或纪事、或思考、或感悟、或抒情。以从容而又酣畅的笔调，"抒发了在时代的大背景下，贫苦山民的命运以及与自己骨肉相连的山山水水、村野稻菽，夹杂着偶尔传来的声声爆竹和锣声中山村婚嫁的小小的欢乐以及不时发生的丧葬的悲楚"（李瑛）。特别是他在《喊故乡》一诗中写道："别人唱故乡，我不会唱 / 我只能写 / 写不出来就喊 / 喊我的故乡 / 用心喊，用笔喊，用我的破嗓子喊 / 只有喊出声，喊出泪，喊出血 / 故乡才能听见我颤抖的声音。"喊出了对故乡的思念之情，喊出了这个时代无奈的故土情歌。这种夺人心魂的抒情，朴实而淳厚、稳健且接地气，也是最普通和最纯正的发自内心的真实情感，并具有较强的表现力与感染力。因为这种对故乡深刻感念的朴素情感，也最能打动读者的心。而更能体现诗人才华的《还原》一诗，在敏锐把握"描述我的祖父就是还原我的祖父 / 首先要为祖父还原他的村庄 / 还原他的村庄的孤独、衰败、战栗"的乡村变迁与"村后的十亩荒地都是祖父开垦的 / 我想还原他的劳动 / 他抡锄的姿势，向下而弯曲"的农耕文明的深度洞察和生命感悟中，更是努力避开了"观念入诗"，直抵"诗的本质"。还原，其实就是诗人在重新找寻生命的源头和精神的源头，并沉潜到人性本质的深处，通过对个体命运的反思，来审视这个社会与时代。阅读此诗，会有一种直击灵魂的力量，以及回味无穷的魅力。

【二】

怀着悲悯之情，广泛地关注了当时还处于农耕时期的乡村农民的穷苦生活，是田禾早期乡土诗显著的特征。他的许多诗，为挣扎在生活底层的贫苦劳动人民，书写出了农耕社会的痛苦和惆怅。他写老邻居黑土："黑土.黑土.村庄的孩子也这么喊他 / 黑土戴顶草帽像个黑锅盖 / 他的家，穷得只要搬动一口铁锅。也就从前村搬到了后村"（《黑土》）；他写父老乡亲："深夜，我想起了村屯 / 和屯口站起来的乡亲""这些几乎被忽略的亲人 / 我想看看他们。现在，允许我回忆 / 回到村屯 / 眼泪有可能慢慢掉下来"（《深夜，我想起了村屯》）；他写老铁匠："常常在夜晚，听见 / 这铁与铁的敲打声 / 壁墙上的挂钟 / 声音都走累了 / 老铁匠，还奔走在一块铁上"（《老铁匠奔走在一块铁上》）；他写泥瓦匠："一年中，多数时间 / 奔走在别人的屋檐下 / 他帮人砌房子 / 也帮人拆房子 // 一生不知砌了多少房子 / 砌好的房子，别人住 / 用脏的瓦刀，自己洗"（《泥瓦匠》）；他写葬父："他不可能入土为安，眼瞧着 / 小儿子还没有长大 / 今年的五亩黄豆还烂在地里"（《葬父》）等等。这些作品的现实性和社会性，在保持了诗人的良知之外，以农耕文明的视野，将关注的对象伸向了乡村生活的日常性状和情景，同时也将思维的触角伸向了精神背景形态上的系列乡村意象，并在诗行中倾注了人性中生命直觉的感悟、乡村生活的隐痛，以及个体命运的存在意识。

田禾在把诗歌创作的篇幅集中献给他所熟悉和热爱的贫苦父老乡亲之外，还怀着爱和同情，把部分笔墨留给了对进城进厂打工的农民工生存状况的人文关怀，并打破传统乡土诗创作的局限性，建构成了诗人自己的精神主旨，以及乡村文化与城市文化的时代内涵。同时，通过以农民工为关注重点，丰富而深刻地反映时代中仍然存在某些隐痛，比如在《矿难》一诗中，诗人以悲痛和隐忧的笔墨，表达了对埋在三千米深的漆黑矿井下的来自河南、四川和江西的二百一十三个灵魂的深切同情与沉重哀悼。另外，在《一个农民工从脚手架上掉下来了》《挖煤的老矿工》《夜晚的工地》《采石场的后半夜》等诗中，同样诗人以悲悯和同情的笔墨，表达了对底层农民工的关注和关怀，体现了其强烈的社会责任意识。当然，这些都与诗人丰富的生活经历有关，更与他出生在大冶农村的根性意识有关。田禾的创作视野是开阔的，正如他所说："打破乡土诗题材的局限性，诗人们在创作乡土诗时才能充分展示诗人的想象空间，灵魂的鸟儿才能自由翱翔。"因此，田禾把创作的主要视角，投向那些留守乡村艰难生活的农民的同时，并置于那些走出乡村进城讨生活的农民的生存命运的关注上，也就在情理之中。

【三】

如果说田禾早期的乡土诗属于农耕文明视野下的乡土写作的话，那么他后期的乡土诗应该属于城市文明视野下的后乡土写作。当然，更准确地来说，他的乡土诗更多的是属于农耕文明与城市文明双重视野下的乡土写作。他最新创作的组诗《长江每天从我身边流过》就是这种双重视野下的乡土写作。虽然作品所呈现的大部分是农耕文明的印记，但这组诗是城市视野下乡村书写的记忆重构。

组诗《长江每天从我身边流过》中许多作品借助了农耕时代的日常事物和生活经验，从而扩充了作品内涵的深度。比如《木炭火》："一场雪下了一尺多厚／几乎所有出行的道路都被封堵／父亲为我们生起一盆木炭火／全家人打拢板凳，围在一起／亲情是另一团火焰／使贫穷的家显得异常温暖／火盆里，蓝色的火苗向上蹿动"。这种久违了的温馨场景，对于我们"70后"来说，只有透视自己的童年才会有，而且是那种传统乡村中人的性情和心灵，以及人的愿望和精神交织在一起的酸甜苦辣。又比如《冬至》："'好冷！'出门担水／和洗菜的人，都这么喊／他们在村口留下的脚印／很快又被风雪抹掉／屋檐下悬挂的冰凌，多年后／被我们称为岁月的骨骼"。农耕时代的传统乡村是没有自来水的，每家的饮用水必须自己到小河或小溪或水井去担，同样也唤起了我们童年时担水的又苦又累的日子。另外，诸如类似的诗作还有《船娘》《自画像》《乡下没有一条不拐弯的路》等。阅读这些诗作，犹如是在阅读自己的童年故事一样，激活了久蓄胸中的生活积累和情感积累，或许现在许多人已经有可能占据了一个更高的视角，去俯视过去的那段记忆了。这些表现传统乡村的诗作，背景是真实的，场景是温馨的，但随着社会的不断发展，城市现代化进程的不断推进，原有的乡村恬静以及只有庄稼在拔节的田野平静都被打破了，传统的乡村文明与现代的城市文明之间的冲突如何找到一个相互融合的点，是这组诗带给我们其中一个方面的思考。大家都崇尚传统乡村那种田园牧歌式的惬意生活，希望现代城市生活中疲惫的我们在这里得以放松和遐想，因为新产业革命可以在传统乡村中萌动和发芽，新农耕文明也可以在传统原野中孕育和生长。

而组诗带给我们另一个方面的思考，既是技术层面的，也是思想层面的。这组作品的主题指向，同样"延伸了诗人对乡村意象的探触以及事物内部多层次的呈现，建构了诗人对诗歌文本的丰富以及创作技艺所展示的精确"（刘晓彬《城市化语境下的后乡土写作》）。比如《山路》："有时山路是一条末路/很多人从这里走出去再没走回来/村民死后都从这里抬出去/葬在更高的山顶/靠着峭壁，贴着白云/一朵花像提着一只灯盏/照着他的前生和来世"。在诗歌艺术的处理上，特别是对乡村意象的探触，保持了经验的精准和想象力的独特，以现实主义笔调，把乡村农民的生活真实可信地呈现在我们面前。又比如《小寒》："七爷硬是没熬过这个冬天/深夜一盏冰凉的灯火/照着他死去，三片雪花/把他抬进了土里"。借助"七爷"这个微不足道的个体生命的逝去，更加直接呈现了在乡村"寒冷的人只知道拼命地干活/父亲去给油菜拉粪，间苗/奶奶在园中找回了我们的午餐/冬修水利的人去了挖渠工地"而产生的隐痛，但从事物内部来分析，触及的是传统乡村的贫穷和苦楚。当然，诗人并没有将诗意弄得那么复杂或过于晦涩，而是十分巧妙地运用精准的意象来激发我们的情感，并引诱我们去进行思考。

在武汉生活了将近四十年的田禾，将武汉三分为"武昌""汉阳""汉口"的长江，自然是诗人创作中不可或缺的抒写对象。于是，日常生活中无处不在的长江，它的"流动特性和清洗功能相结合，在神秘性的刺激下逐渐演变成了对灵魂的洗礼功能"（孙胜杰）。也使得诗人的作品具有浓郁的地域特色。比如他的《长江每天从我身边流过》这首诗作，既具有"住在长江边，生活总有/永远拧不干的水滴/水中有灯火、星光和游鱼/两岸的码头依旧拥挤/每天有那么多坐轮渡过江的人/江边有我席地而坐的草坪/轮船走过去要拉一阵长长的汽笛"的地域性，又具有"水从唐古拉山脉流来，瞬间流走/从来没看见它停下来歇脚/它在暮色里匆忙地赶路/流水走过的过程/把长江的长度丈量了一遍"的哲理性。而《黄鹤楼》这首作品，诗人在抒写耸立于长江边蛇山之巅的黄鹤楼时，则将地域特色、历史文化和生活哲理这三者巧妙地融合在一起，从而构建了其人文精神的源头。

【四】

　　田禾的诗其实就是日常生活经验下的乡土叙事，而且无论是农耕文明视野下的乡土叙事，还是城市文明视野下的乡土叙事，或者是农耕文明和城市文明双重视野下的乡土叙事，从某种意义上来说，均成为他对曾经的乡村生活经验和目前的城市生活经验的一种传达。同时，从中折射出了传统乡村文化与现代城市文化的底蕴，体现出了生命的本质和对个体命运的人性反思，并超越了某些乡土诗在意象和语言运用上的类型化，以及创作风格和抒写对象的经验化。因为在田禾看来，乡土不仅仅是生他养他的大冶金山店。他认为："曾经生活过的那片土地，可以把它叫作故土。去了别的生活环境或云游他乡了，在县城可以叫乡村为故乡，去了省城可以叫县城为故乡，出了国可以叫中国为故乡，生活在大海的人，可以叫大海为故乡……"所以，在田禾的创作中，即使是写城市的诗歌，也是乡土诗，也是作品中的精神源头。乡村和城市，都可以成为故乡，都可以给诗人输入不同的参照系，都可以激发出诗人内心的故土之情，从而在创作中不断思考曾经在故乡体验过的一切，并获得新时代乡村和城市的精神文化视角。

　　应该说，诗歌文本的乡土气息与诗人田禾的个性品质相互交融、浑然一体。他的诗不仅有着对社会、经济、生命、人性等多层次的辐射，而且有着对作品中表达的技巧和风格，以及人格、个性散发出来的一种包括诗意和诗艺在内的境界。同时，这些作品又都是从文化价值的体现、悲天悯人的情怀、个体命运的关怀和生存意义的探索等人文精神方面进行的诗性建构。

实力榜
Major Poets

Cao Tang

我的时间是一枚失效的药片（组诗）

◎刘棉朵

刘棉朵
LIU MIAN DUO

【作者简介】刘棉朵，二十世纪七十年代生于山东青岛，中学时代开始诗歌习作，作品散见于各种文学期刊和诗歌选本，著有诗集《呼吸》《看得见和看不见的》（"70后印象诗丛"，2011年）、《面包课》（"21世纪文学之星丛书"，2009年卷）、诗合集《我们的美人时代》（与阿华、田暖合著，2007年）等；中国作协会员。

[起风了]

下午，起风了
我看见一只红色的塑料袋
在空中飞舞
好像一只被伪装的鸟
它飞过小区的垃圾桶、树、电线杆
飞过我二十三楼的窗户
惊异中，人们纷纷抬起头来观看
一个终于脱离了重力的人
越飞越高，逐渐飞离了尘世
等它越飞越远
飞离了人们的视界
他们又闷闷不乐地低下头
退回到自己的位置
打量着手中五颜六色的塑料袋
打量着手提塑料袋的自己
有的人想，如果风再大一些
是不是自己也可以像塑料袋一样飞起来
风再大一些
是不是漫天都会飞着
花花绿绿的塑料袋和手里提着塑料袋的人
一半是由于自由
一半是出于意外

[傍 晚]

这是一天中最美的时光
太阳落下了但光辉还在
羊群从很远的山上下来
桌上的经书
被晚风悄悄地翻开
人间的灯火渐次亮起
劳作了一天的人们
都已回到家里
米饭、土豆、汤和筷子
已经摆上了餐桌
苍茫的浮世,简单的饭食
在太阳的余晖
以及温暖的灯光下
开始散发出了人生的光泽

[我的时间是一枚失效的药片]

星期四是一只烂梨子
星期五是半首写坏的诗歌
星期日是煎糊了的土豆饼
星期一是断了翅膀的灯蛾
其他的时间我已经忘了是怎么过的
一会儿醒着,一会儿睡去
我把白天当成黑夜
在黑夜里丢失了睡眠
我的时间是一枚失效的药片
不能医治什么
也不能占卜什么
墙上的钟不紧不慢
它将孤独忧伤织成蜘蛛网
透明柔软,不易察觉
仿佛空气

[空 隙]

书架上你的书和我的书
紧紧地靠在一起
没有细小的空隙
你和我
也曾这样紧紧地靠在一起
身体贴着身体,灵魂贴着灵魂
在山之东,在海之南
如今你我天各一方
只有你我的书还代替我们
紧紧地站在一起
仿佛我们从未分离,从没分离
就像墓碑上一滴露水紧挨着另一滴
没有一丁点儿间隙

[我的诗只写给抽屉和地下室]

我的诗是写给阁楼
写给抽屉和地下室的

我的诗写在我的大理石上
写在我黑夜的丝绸上
写下沉静的生命和光

我的诗里写着高入云端的群山和神
匍匐的尘埃,草木和露水

我的诗是写给抽屉的第三个空格的
抽屉在海拔三千米以上
在沉默之墓,不愿被那些路人唤醒

它们的眼睛悲伤,只有半个灵魂
它们在小小的地下室里蜷起身子
像一只只怕冷的小兽

它们脸和脸挨在一起
内心里都有一个马蹄和一朵莲花
我的诗在等待我离开

我用我上升的体温来写下它们
它们一出生就待在一个
旧抽屉一样的博客上
不等待书架，也不等着读书人

我用沸腾的时间写下它们
写给抽屉
写给抽屉里的蜘蛛、木耳、灯泡和车票
它们孤独，不愿意合群，在抽屉里沉睡

我的诗来自我的天空、岩浆和泪水
带着我的冷和热
它们是另一个世界的谜语、纸的种子

我的诗，属于孩子
属于纯粹和爱
我写下我的诗
我只把它们赤身裸体地
写在天空、眼睛、心和泪水的和睦之处

[我们已经啃着甘蔗相爱了这么多年]

不管我有没有一双新靴子
不管我的靴子上有没有一个小马达
我都要去找你

不管你是在西伯利亚的寒冷中
还是撒哈拉沙漠的沙丘上
不管你是一个漆黑的徒役犯还是一个蓝色的船长
不管到你那里的高铁、高速公路有没有铺好
不管春天的天气适不适合起飞，我有没有一支高耸的避雷针、浪漫的降落伞

我都要去找你

什么都不能阻止我去找你
在我活着时就要去找你
我都要去爱你,要开着一辆火车,带着一火车的地图、蒸气去找你
要骑着一只天鹅,带着它的美与美德去爱你

不管到你那里的道路是否漫长,不管你是在一首美好时光的诗里
还是在一张老年的病床上等着我
不管你还能不能认出我
我都要去找你
只要我的鼻子上还有一口氧气,我就要去找你
找到了我就住下来不走了
不管我们还能不能啃动骨头和山谷

因为我们已经啃着云彩、电话线、甘蔗相爱了这么多年
因为我们已经啃着药罐一样苦的日历、里程和甘蔗相爱了这么多年
因为我们啃着药丸,啃着盐,啃着黑夜和甘蔗相爱了这么多年
我们已经啃着多年的耐冬、墓碑、墓碑周围的青草和甘蔗相爱了这么多年

[散 步]

我想起在一条每天傍晚都会经过的小路上
我和你和路上所有经过的人
路两旁起伏的草茎和草叶上
那些看不见的昆虫和它们的邻居与沉默之物
借着从树叶的缝隙和楼房的窗户透出来的光
我指给你看一种叶子会在夜幕中闭合起来的植物
一些我们叫不上名字的花在身旁兀自开着
虫子正在它们小小的餐桌上吃着晚餐,然后整理着小小的床铺
我想起每天傍晚我和你和其他人一样
都会从家里出来,在这条每天都会经过的小路上散步
我们肩并肩走着,一前一后,偶尔拉开一段距离
那时,火星会从天空抵达你的手指
水星会从头顶上直接到达脚下的地面

我们走累了,就坐下来,在路边的石凳上
有时会抬头看看天空,低头看看行走之中的事物
话语此刻是那么多余。我和你
我们一起走过这条简单的小路,我们散步
一起走着,我想起过去,充满了忏悔和愧意
你想着未来,充满了对于道路的思想和定义

[创作谈]

  我在家闭门不出十五年了。十五年中,有时我会坐在门口,有时我会站在门后,有时我会透过门的这一面看到门的另一面。但更多的时候,我是坐在一扇窗子下面。窗子向南打开,对着一片孤独的海域和一片我并不熟悉的空地。那片空地上有一些常见的杨树、槐树和柳树,还有灌木、芦苇和水塘,它们共同构成了一片人的想象力难以到达的所在。从我的窗子里看到那儿去,似乎还有一条小路通向那片空地的深处,但我从未踏上它。也许有一天我会顺着它进入茎秆、卷须和未知事物统辖的领地,就像我踏上诗歌这条林中小路一样,出于某一天的偶然,但我至今还未能到达那里。

  夜晚的窗户在窗帘后面,被一些棉的织物覆盖着,形成了一种由于密闭而得到保存的历史的沉积物。在那里,仿佛有一个溺水者在举起沉默牌子,那些曾经远去的事物因为深陷内心而纷纷浮了起来,就像海面上那些带有警戒意味的浮子,经过了时间的火,每一个都如黑暗祭器上的反光,成为一座纸上建筑物的基座。这时,我会感到有另一只手在握着我的手,随着每一个新的纪念的日子的到来,我感到只有沉默中才有那些还有没写出的真正意义上的诗歌,才有要用一生来寻找的精神的故乡。一个沉默的幽暗的区域,在窗子的指示中,如蝶翅一样在真实与虚幻的缝隙摇曳。我知道它在,它就在窗前那片我从未到过的空地上的某个洞穴里,找到它,我还需要时间、忍耐和爱。

  我想这就是我的写作。它在窗前。在我人到中年的交界的时光中。在生活中,我是一个走路稍微向左倾斜的人,可能就是窗子、心和诗歌让我向左倾斜了5°,让我的站立与那些不断迁移、流逝的时间、大地,形成一个小于90°的夹角,让我以一个倾斜的视角去看这个世界。在我的窗子内,从书桌到窗户是一步半,从床到窗户是五步,而我靠近窗前却用了十五年。我每天都要"到窗前去",我还将继续来接近它,擦拭它,穿过它。

道 辉
DAO HUI

【作者简介】 道辉，1992年创立新死亡诗派，2010年创办天读民居书院。中国作家协会会员；曾供职于《厦门文学》杂志社，曾被聘为《青年文学》《诗歌月刊》诗歌专栏编辑。曾主编大型诗丛《诗》1-27卷；策划主持"首届八闽民间诗会""经典福建·创意闽南——闽派诗歌走进漳州"系列活动和"漳浦诗人节"等诗歌会议多次。创作诗电影《蝴蝶和怀孕的子弹》；出版诗集《无简历篇》《亡杖》和哲学随笔集《性情的个人与国家》《语词性质论》《语词源自情绪》等。获第二届十月文学新锐人物奖、《诗选刊》第三届"中国最佳诗歌编辑奖"、2012年《诗歌月刊》"年度诗人奖"。

回到里面去（组诗）
◎道 辉

［回到里面去］

回到里面去，你看见自己手上的折光
烂草中金色的锈味
那自称持有橄榄枝血的人一只手全是手指
在黄昏来到的塘边街，小雨下得如此金黄

像美好一寸寸蒸发，你来自它
屋檐下仍有人起誓，心拱起穹形的容貌
打扫门埕的人手举扫帚示意你回到大理石的缝隙里

光焕发烧焦味，光明是光之墙
读咒诵誉，蚊蝇都来诗句里产蜜
你睁亮眼睛怎样看你，只是与一条绳子媲美的旅途

你像洗澡在深渊长出的骨瓮上
你的嘴唇含着果核内涌出的暴风雨的乳蒂
自己的家连着邻居的笼子
未来的欲望只是想造出一个让羽毛和大海混住的房间

你醒来等于回到鸟鸣里
凭空飘去

上面即里面，塞满永恒一寸寸的金黄的灰烬

[唱不出声]

你不在星座里，你只是
挨近一种残余
你凝视它们是用酒草做着护罩

你看见河流流着酒，水把河流倒进咽喉内
你看见人们扛着世界去旅行，阴暗，
　　被他们唱出来
他们的脚
张开手指在海峡的栅栏外，每吃掉一尾鱼
就吃掉一吨重的海峡的筋骨
亮起灯火的窗像被盲人唱出来

那些细小的沙尘击中眼睛滋生幻听
欲望伴着希望，那些星辰
是在眼瞳里，培植办诗社的孩子
你挨近星辰，像挨近一个个盲目的孩子
诗愈写，河流的水愈是干涸
那是一些从黑暗中返回的人，你原是其中一个
他们似乎仍还记得，唱不出声时
就回来清理一下阴湿的家

[深夜三点钟]

港口像金枪鱼钻破的胆囊
鼻孔埋入草管，把窒息呼吸作一口空气
曦光像挽悼的丧衫，使早晨复活
路过的人以为窗内倒出的脏水是活鱼

捡拾土豆的手，发出骨节声
美好的远眺返回眼中发出腥味

深夜三点钟还活着
路过的人暂睡在路灯下以为黯淡是来慰藉的光

眉睫噙着清冷，脑袋升起豪宅
他呢喃如是所有，沉寂堪比高贵
铁的步伐迈入自己的交谈中，发出三座灯塔的响声

深夜三点钟，是鬼的时间
挨近水柱的手，为着无手人表决
坚硬仍还握在手中
那些人从软的屋顶走下来
又抱着书走回树上，之间
是有三只眼的深水鱼对着他的身影吐水圈

这样沉寂如是最宽敞的一声叫喊
燃烧也是他呼吸的一口空气
深夜三点钟还在捡拾柴火想为半空筑起一幢上升
　　下降的车床

[我们说话]

说出话，也吞入话，眉睫隐秘
喉咙变囫囵音之家
我们说话也把寂寞拉作艳阳天的家常
也像抽风柜抽出银灰色之年

头顶上天的蔚蓝是一个软膜儿
一直罩住我们的安详
仰望永不可变作胸膛，却是苍茫空阁
我们常是，想飞翔起来却迎来坠落的灵魂
我们常是忘了站立的大地也是天空的一部分
带病痛的身骨从闪亮爬出圆周率
再爬回家时说话把荒凉说成元宝

雪未飘落路石已开出白唇花

无地基的墙上黑色漆变作白色
时间转着孔洞走出满刑,自由得到奖赏
月亮由顶壶变酒肆,却是说话说不出来的
若我们的话说不出
就改用呼喊把飘落的羽毛呼喊作平民房
我们就永在羽毛搭成的平民房里
以挂铁钩子的草为残弱之身
用瓜杓子和空弹壳款待百无聊赖的来年
如影相随的爱人以死亡的漫步
在通往眉睫的长廊——未说出的话就在那儿说

[颤音]

怎么总是,手指一触碰夜光就枯卷
空白,仅是一个回音,就打发走你

你,第二个你
被薄嘴唇含着的菠萝叶吹得滴答响
世界的土著音
含着空中挥霍的元音
到,最后一个不发声的颤音

你,埋怨了你
发出手指哨——从窗户外伸回
就跟随进
一二只烂肚肠的飞蝇

这空白,不发出苍茫之声的
吮吸湿漉的飞音
却,变作
你的知音

你,最后一个知音的乳汁
嗡嗡嗡地叫,世界,颤音的回音

[骨头]

这个世纪
无非是,灰的几公里
深入它,一根骨头,在喊痛
而你却独在
自己的骨头内听音乐

那是桌子,骨头,一步步挨近
更深的骨头
广袤和爱人的发卡,纠结在那里
河水盲目冲上来,一些人
纺织的细碎的岩钙,做成脚筋的后岸

或者只是,一大滴蛀牙似的水,落了进去
一只只挨饿的蜜蜂,剥着树皮吃
的嘴
井的法则,雾爬了上来
这个银白的身世,从未有记住你

你始终从未走通
思想者吞吐泥浆的暗腔,城市的颓废裹住农村
那个春天的集镇,多了些烧灰的人
个个手捧花果,却在面前赠送刀刃
这个世纪,集合讲话的人
对着太阳讲到黑暗
这个世纪自弯着,一条烂掉的绳子的骨头
你自扶着曾被伤残的臂膀
对着飘浮的石柱摆姿势

[创作谈]

  诗人的现实形象在诗中被淡化了，转化成为未被美学确证前的意象，这里说意象，是指诗人的自我时间被所谓诗中的词与物通往——也是说，诗人在写作一组诗或一句诗当中，无法被想象的准确性把握以及被模糊的生存现实性所框定。这里指出的"自我"，应是特指诗歌里面的急需阐述的正面性需要，一是，现实的诗人被随意隐去转而在诗句的行进中表现出"一次想象难以抵达的情感呵护"；二是，诗者有意促使诗意波动，让一个世界在近乎抽象的纷繁中遭遇，意象并不是写出来的，而是在这个抽象的遭遇中"站着的那个人说的话"。我在这里只是想指证自我所以为的他者（文本即他者）的形象就像现实中每一天所遇到的日升日落的秩序那样不可被解构的正确性。我自己每写一首诗，就像在解读这个指证性质的一堂课，尽管每一句诗中都有一颗民族搏动的心灵，让我忘我地填补了这一段时空通往的空白。而此刻，我竟浑然不知我已裸身进入诗中这一具有民族特色的语言孕育之行，在这里，民族和语言，应是突破了一回诗写的困苦局限。
  我几乎放弃了种种生活诉诸的不适，犹如我从没有放弃过诗歌写作的坚守，在这里应该包括近三十年新死亡诗派的建设及探索。生活蕴含并不是使现实的自我人为地衰老，却是使自我的写作和这个流派的探索受益匪浅。在这儿说"生活"，似乎更加对前面提出的所谓抽象纷呈更有其意味和把握，之间，自我被诗句纠结的时光通往性隐去，化为无名的他者形象突出在有据可循的记录中，新死亡诗派三十年，其特征并入了自我个体的磨砺和现实认知，编选及出版的诗集近百种，大小活动及现场研讨三十几场，都是因为这样的积攒和取向，在未被美学确认前和诗意的淡化前，转呈为一种由衷欲望和满足。这是自我个体诗写中的一种诚实态度，由于我感知到这一点——我才能继续写下去——将被宽松和宽广接受，这一"生活"所谓的纯净的诗意象被时间通往到一个正确性经验的炽点。

苍山负雪（组诗）

◎邓诗鸿

邓诗鸿
DENG SHI HONG

【作者简介】邓诗鸿，曾用名邓大群，二十世纪七十年代生于江西省瑞金市。中国作家协会会员，2005年参加诗刊社第21届青春诗会。作品发表于《人民文学》《诗刊》《收获》《中国作家》《当代》《十月》等，部分诗作被译介到美国、法国、德国、英国、意大利、荷兰、丹麦等。2014年长诗《大江东去帖——咸宁辞典》夺得首届中国咸宁世界华文诗歌大奖赛桂冠。出版诗集《邓诗鸿诗选》《青藏诗篇》《一滴水也会疼痛》《一滴红尘》，散文集《灵魂的皈依》《从故乡出发的雪》。

[琥珀记]

能够退守到内心是有福的。作为一只蚂蚁、蜜蜂
蜗牛、瓢虫，天地用博大的胸襟，接纳了你和我
千山渺渺。一定还有不为所知的命运，让我们灵魂附体
又教导我们宽容劫难与波折，沉积于深；一点点
洗去身上的肮脏、戾气、欲念和浮腥，从容走向磨难
和黑暗，死去就意味着诞生，也成就了涅槃，和神灵
有福的人，从此我们同守一盏孤灯，胸无大志
却肆意苍茫，举头看明月从松间跌落，低眉
数山涧蛙鸣；偶尔通过清泉，打探友人消息
君子随流赋形，明心见性。我不是君子
亦不是书生；弱水三千，我不是其中一滴
偶尔寄居于半江渔火、满枕清霜和一劫余波
入地三千，却无处藏身；红尘千年，却入世无门

长眠于此的人是有福的。弱水三千
我是第三千零一滴；水孱弱，却川流不息
从《诗经》到《论语》，再流经唐诗、宋词
从五千年冻土中喷薄而出。这并不是我的过错

我一直在东山养花，南山种茶，西山采菊，北山放牧
偶尔醉中拔剑，一钱烈酒就把我打回原形
但我怀疑《诗经》或者绝句里，一定埋藏了什么
尧舜禹夏、魏晋秦汉，文人骚客们前赴后继地
作别长安，在唐诗宋词中艰难跋涉，长歌当哭
滚滚红尘，多少英雄怅然回眸，从此下落不明

虎中之魄。我生来是你的祭坛、倒影或梦境
借此明月东升，鱼跃夔门；作为冒名顶替者
多情应笑我，华发早生；当我捧着你的诗经
深深地跪下去，上阕仍然姓唐，下阕依旧称宋
秋风犹在，芳草纷飞，月下的故人
是否还在等待，远游的白云

[苍山负雪]

一根白发，在远方
蟋蟀的虫鸣中醒着，叫着……

一根白发是谨慎的。她如此渺小
卑微，一穷二白；但从不掩饰自己的
身份，也没想过要取一个讨巧的艺名
她谨慎地探出头，目光破碎
露出皲裂的双手，和皱纹
恰好，与我每一个侧面的青春
成为对比；一根白发：谨小慎微
怯弱，闪躲……雨打风吹
在苍茫尘世，寻找走失的孩子
和久违的行囊，和断线的风筝
但她绝不贸然行事
在新月下犹豫着，费尽思量
当炊烟三三两两地，释放出
转瞬即碎的乡愁
如同我，无法确认自己的籍贯
和身份；一生谨慎的白发

就这样犹豫着,显得有些憔悴
局促,和慌张;直到她
顺着炊烟走失的方向
呐喊一声,那样毅然、刻骨
奋不顾身——

苍凉尘世:有人伫立,不语
一根白发,代替星辰战栗,苍山负雪

[快雪时晴帖①]

一场狂雪,在纸上倒伏的速度
取决于笔墨的浓淡,和思想的深浅
他孤独的刻度有多深,取决于
一个王朝的雪崩,在灵魂内部的挣扎
和划痕,持续多久……

一场快雪,煽动着美学的烽烟
克制着东晋的落日,及其反面
弥漫的天籁:高耸、孤绝
而凛人,仿佛隔世的轻尘
气定神闲,圆笔藏锋,不徐不疾
恍若恩雅,拨动了天上的大琴
雪在飞,这暗香盈袖的美,于我
这青春的废墟,还要承担多少
宣纸的惊魂,和笔墨的哗变

岁月阴晴,苍山去远
一场狂雪,在纸上寻找着故人

① 《快雪时晴帖》是东晋书法家"书圣"
王羲之存世的唯一书法精品真迹。

[苍茫赋]

必定有一行大雁,要剪开无边的蔚蓝
而落单的那一只,是我前世遗落的哀怨
但无知的白云,却轻描淡写地把它缝合
必须借一双虚拟的翅膀,在你离开之前
认领一片苍茫;以此恢复与上苍的美学关联
而在我认领之前,神早已端坐其间

必定要把心掏空,接纳这无边的蔚蓝
借以修补离别之后,你带来的闪电,和决绝
天空如此深邃,却无我的安魂之所
只有凭借虚无的彩虹,来掩盖思想的孤单
如果苍茫还不够辽阔,我将独自赞美
上苍,也承受这命定的黑暗……

苍茫是我一个人的事,与你无关
它一寸一寸地,侵蚀、漫延……
恰如我一寸一寸地,为你生病
在红尘之上,恍若隔世——

[一滴水也会疼痛]

一

原谅蒙尘的大地上,细小而卑微的事物
他们闪躲、腾挪……命运不济,多少有些悲怆
未经许可,就擅自在清晨的叶片上闪烁着
隐藏的光芒;微风轻拂,它挣扎着,忍住晃动
祈求上苍,不要惊碎心尖上,细小的红尘……

但他们依然在隐忍、克制，有些低沉
仿佛暗藏的落日，和不语的家国
却一直容纳一个写诗的青年，在红尘中
犯下的所有过失，和错误。比如：借明月酿酒
蘸寒霜写诗。提醒我走路时关心脚下的蚂蚁
学习白云的高洁，和炊烟的亲情；重点要心存
谦卑、宽容和感恩；同时努力学做巉岩上的小花
身处逆境，却依然胸怀家国、荣辱不惊

我的担心有些细碎，多余；却早已泪盈满眶
——此刻，我已蒙恩……

二

我常常把生命当作一粒微尘，让它与时光
留下轻轻擦痕，对于上苍安排好的秩序
我无权过问。为此，我已经多次表达过歉意
多年以来，偏安于南方以南，终日饮茶
写诗、听琴……用一种虚无的语气表述爱情
努力热爱朋友和亲人；也偶有博爱芸芸众生之志
例如：词语酿制的碎片，热恋于开小差的偏旁
而月光打造的河山，却无法抵御绝句的狼烟
这些做法看似幼稚和放纵，却也浪漫……
其中对错，我愿意承担相应责任

当落日动用蓄谋已久的苍茫，我正在山中采药
而月光尚未私自下凡，《圣经》也并没有提前撤走蝴蝶
世界已然如此寒冷，风雪是我们温暖自己的唯一方式
……蛙鸣暮鼓声中，我已取几瓣菊花为饮
用清泉沐浴、濯足或浣衣，累了就斜倚着寒枫
把盏清月，假装小憩；闲暇，与另一个我
在残局中对弈；或者，在荷塘边静等蛙声
及至，终日厮守一张古琴……大梦初醒之时
两鬓郁结的寒霜，却无法缝补独自凌云的翅膀

而我已经疏于写诗,因为最近诗歌中:
"总是越来越多的痛苦,而越来越少的悲悯……"

落日熔金之时,我终于停下了诗篇中象征性的哭泣
再次在红尘中,一点点减少自己……

三

以梦为马。明月在此夸张、抒情、缠绵、纠结……
允许我请出草长莺飞的星群,和衣衫单薄的一盏孤灯
而那次惊涛骇浪的华丽转身,我只用来孤独、沉沦
坍塌,和长歌当哭;断鸿的一瞥
一半用于填词;另一半坚持对抗着寒冷与黑暗
却无意间泄露出一颗走失的心,和月光下
猝死的青春;让我乘机在月色中,将自己悄悄扶正
"我不是归人,仅仅是个过客……"

我必须事先通知荒草丛中,那些肆无忌惮的青春
请他们压低自己的声音,屏住呼吸
在月光下,清扫出一条虚掩多年的归程
迎接那颗失眠的星辰,和寂寞空庭之中
被大雁的叫声一阵阵划伤的心,以及心中不灭的落日
……而我,就是传说中那个用寒霜写诗的人
偶尔策马,但不奋蹄;当月上中天
间或也扬起虚拟的鞭,借以深刻灵魂……
对于挥之不去的暮色、望而却步的千山
和日渐临近的别离,我已经无暇顾及
只有交给寒霜,一一处理……

——我能分担一些什么?
"这个世界的苦,这个世界的痛……"

[创作谈]

多年以来，我试图蘸着自己的鲜血和骨髓，通过诗歌介入与世界和心灵的本体对话。诗歌作为一种自在的沉默的运动，是心灵的呻吟与诉说，是苦难和碎片在灵魂中的瞬间闪光与呈现，是一种难以诉说而又使生命和疼痛无以复加的一瞬间的生命状态。

一切形式的诗歌都是想象和激情的语言，但它又不仅仅是语言，而是我们所渴求的生活为了无与伦比的现实的到来而发出的无声的、绝望的呼唤；它强大与自然对话的能力，它对隐秘的内心最真切最痛苦最真空的关注，它使孤独的诗人个体为自己说不出的痛苦找到了名词和定义；诗歌与生俱来的对时代现实、时代和家国命运的高度介入后的最忠实的记述能力，有一种扎根生存状态、呈现悲悯本性的道德力量，它拔出了深深扎进我们灵魂中无法拔出的自责和痛苦。

诗歌的艺术本质是灵魂的艺术，于诗歌而言，灵魂显示出至高无上的自由价值；这就是说，深入万事万物，肉眼看不见的世界，灵魂都看见了；在生活与心灵之间，诗歌承担了一切痛苦，一切激情和忧伤。在灵魂和世界之间，发生着一切诗歌故事。把一切变成诗，是灵魂对这个世界的高度依托和深刻渗透。

越来越多的诗人沉溺于把自己塑造成一位抒情歌手，而我更愿意诗人们成为诗歌疆场上的一名勇士：开拓更开阔的意象，抓住生命中更长久、更尖锐的痛感，让读者有铁丝穿过心脏的痛和乌云压过头顶的重，有一种豁然开朗的陌生感，有深深哭泣的愿望和长久沉默的震撼。一部好的诗歌作品，只有触摸到来自诗人灵魂深处的疼痛，才能独具其震撼人心的力量。

我要感谢阅读这篇文字的"无限的少数人"，感谢你们在这个既残酷又美好的季节里，倾听一个诗人微不足道的声音，你们的倾听和鞭策使我感受到来自灵魂深处的幸福、尊严和一种穿越时空隧道的挥之不去的爱。苍茫尘世，你们一次次不经意的阅读，不啻是一次次心灵的诵经和洗礼，是一次次带有天意的皈依和朝圣……

非常现实

Life And Poetry

Cao Tang

煤矿工人的一天（组诗）

◎榆 木

【作者简介】榆木，生于1989年，山西晋城陵川人。中国煤矿作协会员，山西省文学院签约作家。诗集《余生清白》入选"21世纪文学之星"2019年卷。

[一个煤矿工人的感想]

我们的身体里是不是藏了太多的黑暗。所以
才把人间仅剩给我们的一点光芒带入地下，交换
我们的生命里是不是放不下太多的光明。所以
一盏矿灯在地下便给了我们足够多的亮光，生存
有时候，我们也在想：什么时候离开煤矿啊
可我们清楚地知道，脱下这身工作服
我们就养活不了这个家

我们的这辈子是不是向每一块炭借来的。所以
今生的时光我们都在身不由己地偿还，直到身骨颤抖
我们的亲人是不是也欠给光明一次黑暗。所以
他们的生前就已经把挂念托付到地下，没日没夜
有时候，我也很高兴：孩子能叫爸爸了
可离开家的时间久了，再回去
他又得重新学习"爸爸"这个词语

我们的日子究竟是不是一块块炭堆积来的。所以

当我们把一座大山挖空的时候，为何我们所剩时日不多
我们的暮年是不是真的不需要煤的留恋。所以
当我们风烛残年，为何还要把一颗像煤一样黑的药
磕进身体里……

[无路可走]

靠煤帮坐下，一束光打在黑乎乎的巷道内
我静静地看着，这些光线里飞舞的煤灰

它们密密麻麻地挤在一起，向前再走五百米左右
就是巷道的尽头了，它们是无路可走的

可是，当它们走到，我们这些矿工的身体里时
我们的余生，是无路可走的

[煤矿工人的一天]

七点刚过，我们在一根烟上做了祷告
走向井口。而此刻，我想起家中熟睡的孩子
他的梦依旧还是那么长。八点半的时候
采煤机发出轰鸣声，黑暗将会在此多出两米
而这时在西村，母亲哮喘病正在发作
舒利迭的药效一再推迟。十点钟的时候
工作面顶板下沉，液压支架将我们替换出来
而卖菜的父亲，此时正蹬着三轮车回家
车子颠簸的响声比风声还大。刚到十二点时
我们重新被带到工作面，怀中的烧饼还没焐热
而这时喜林坐在村子的槐树下，裤腿挽了老高
一锅打翻的开水也没烫疼她。下午两点的时候
瓦斯报警仪咳嗽了几声，我们依旧把煤送到皮带上
而在地面的监测系统，瞬间就把数据屏蔽了

似乎瓦斯高并不存在。四点多的时候,我们
把溜槽抬到巷道里,煤也需要一条通向人间的路
而此时谷地里,一群麻雀飞来。金黄的谷穗
弯腰接受洗礼。六点的时候,我们坐在
更衣房的长凳上,沉默来自六百米的地下
换衣服洗澡的时候,从怀里掉出来的
是西村升起的月亮

[煤 矿]

我不反对,在这里活着的人
也不反对在这里死去的人
因为这里,离天空很远
离地下很近

[自救器]

这小小的自救器,像极了骨灰盒
活着的时候,我总是带着它
穿行在井下。死后
它却把我狠狠摁在里面

[下 井]

我们排起长长的队伍,像一条长长的巷道
有时候,我们拥挤在一起就像一堆煤

不管怎样比喻,我们都是背光而行的人

[故 乡]

在泵站,跟皮带司机聊天
我们都在想,现在井下巷道的位置
在地面走到哪里了

东翼走到卧虎庄了。那会儿我才二十岁
西翼现在到了端氏镇。我三十岁了
再过几年,我觉得,我们就能从井下
走到故乡。我们突然大笑着,眼里都挤出了
泪珠

[理 想]

他说:还清房贷,我就不干煤矿了
他说:存上十万块钱,我就不干煤矿了
他说:给孩子攒上结婚钱,我就不干煤矿了
……
他们都这样说,一心想着离开煤矿
十多年过去了。在六百米深的地下,他们
依然被黑乎乎的巷道紧紧地咬住

广阔的父亲（组诗）

◎师力斌

【作者简介】师力斌，《北京文学》副主编。1993年开始发表诗歌，主要从事文学评论和文化研究；评论散见于《人民日报》《光明日报》《文艺报》《环球时报》《中国文艺评论》《艺术评论》《文艺理论与批评》《诗探索》《山花》等。著有《逐鹿春晚——当代中国大众文化和领导权问题》《杜甫与新诗》，编有《全球华语小说大系海外华人卷》（张颐武主编）、《北漂诗篇》三卷（与安琪合编）、《后窗"四人谈"——北京文学评论集》（参编）。

[帮 助]

找到买药的渠道
动用了天南海北的三位朋友

找到人生的感觉
花费了大把青春，和亲人的奉献

又一位同学英年早逝
提醒着生命之美和爱的珍贵

痛苦是一片沃土
帮我寻找肉体的花朵

[广阔的父亲]

故乡石哲轻了
少了一位勤勉的散步者
和痴迷的菜农

据邻居讲，春天时
他还登山，挑担
与浊漳河一起侍弄心爱的田野
入冬，街上不见踪影
躺在床上的父亲躺在了天上
夕阳无限，无限夕阳
当你从眼前消失，才知道
至爱拥有广阔的体积
你看，我的车离开上党
行驶在京港澳高速
带动一种提琴般的粘连，丝丝缕缕
平原号啕大哭
车里寂静无声

[转移注意力]

多少飞机远去
未曾留意云的呼啸
多少孤寂的山峦
背城而居
见一见朋友，我在京城
多年来唯一的亲戚
买两只潜水艇地漏
堵上下水的返味
抚摸阳光，欣赏路人
在书架前祈祷
挑选你留下的硬币
你如此广阔
父亲，太多的漏洞和遗憾
此刻才汇总起来
使我像一条河流庞杂的下游
用各种借口
摆脱悲伤的冲击

[伟大的疼痛：止不住的回忆]

直到生命最后
没有吃一粒止痛药

记得，明亮的阳光中
那张床黑暗无比，翻来覆去
搅动的肉体，在小小的房间里
掀起巨大翻腾

他盖着无尽的石头，戈壁
和沙漠上所有的刑具
他以八十斤的体重和如柴的小腿
穿越世上最恶劣的风暴
从床头到沙发，距离千万里
令他皮包骨头
他心里有水吗？有草原吗？
被子在那时是不是魔鬼的样子？

给他用手掌按摩，他要我用拳头
已经缩小成一个孩子，心还是战士
没有力竭的声嘶
没有军号，没有刺刀
可我看见，他忍着奔腾的千军万马
我就出自这样一座肉体
瘦弱的父亲啊，父亲，用贫瘠的肉体
哺育英雄，说不疼
你们兄弟俩睡，不疼

[科 室]

真相呈马蜂窝状
漏洞进进出出

那束小院里的阳光放在
处方上，质量就加重了
伤口凝结的红果实耀眼凝重
有一种症状
就有七种描述
有一道深渊
就有无尽的梯子
当你来临
只能对侥幸加以信任
仿佛它才是生命的巢穴

[宁 静]

从喧嚣都市回到故乡
抚摸瘦削的山脊
坚硬而有沟壑纵横
他的百年之手，种过花椒，李子
粗壮的白杨，以及
我喜爱的繁茂海棠
我曾坐在上面欢度童年，望春风
馋于故乡门前的秋天
现在我懂得，土地的丰腴
源于病重的父亲
经过了多个丰收的季节
神情镇定，懂得时间的赏赐
和吝啬

[老小孩]

他会否认刚才说过的事情
不觉得有什么毛病
坚持认为只是老了
吃什么药都不如运动
"你看我，胳膊腿活动自如"
很得意地示范
舒服时，去院里转圈，做伸展
然后喘气
疼起来身体蜷缩，衣服痛苦
满腹呻吟
而巧克力派吃到高兴处
眉眼舒展
像第一次品尝人间美味

此刻人间的暖（组诗）

◎王二冬

【作者简介】王二冬，男，1990年生于山东无棣，系快递行业从业者。

[心 跳]

电话里传来东河西营的消息，村西头的
老人在午后停止了心跳。一阵风
吹过窗台的裂缝，吹进我因此狂跳不止的心
我继续跟母亲絮叨着，希望她到祖父坟头
替我烧纸，那些纸钱就是我的心跳
在另一个世界，我希望他能看到我在燃烧
触摸到我的每一次战栗。我始终认为
人一生心跳的次数是有限且固定的
频率快，灿烂却短暂如惊鸿一瞥
频率慢，平淡却悠长如静水流深
这些年我总无法把握好活着的节奏
遇到动人的女孩，就心潮澎湃
面对父母和妻儿的失望，心生惊慌
而对于那些死去的人，他们心跳停止后的
几天，或余生的某个片刻
我仍会心跳加速，以此消耗我本就短暂的生命

[成 双]

为什么板凳的另一边不能空着
单飞的蝴蝶就要被人形容为落寞
为什么一条鱼不能独自游向大海
两个并排站在一起的人就要建立联系
一片嘴唇咬住另一片嘴唇不一定是爱情
也有可能是一片嘴唇咬住一把菜刀
一只虫子钻进一块苹果
一个慌了阵脚的年轻人或中年人对着天空沉默
草莓味的唇膏和淡蓝的口红，不一定
就是春天和远方的色彩
你要保持怀疑，对季节和冲动的每一次降临
对蜂蜜和给予甜美之味的花朵
真相永远不是你眼前的景象
华服上写满赞叹，也必定爬满虱子

虱子曾在溃烂处舞蹈，也
曾在真理的书页深处留下叹息
为什么两个人待久了就要相爱
为什么一个人非要说另一个人是鬼
天亮一定是某个人睁开了眼睛
日暮降临前，孤鸟之心曾扫视过人间

[墙]

儿子每天醒来都要攥紧拳头
敲打主次卧之间的那堵墙喊着
他的号子：爸爸、爸爸……
直到我确认自己的角色，从铺满荒野的
睡梦中醒来。他看到我时
挤眉弄眼，然后做出嗔怪的表情
五分钟后，他继续敲墙：爷爷、爷爷……
意识到几百公里外的呼喊得不到回声后
他会央求妈妈打开手机，跟东河西营的
亲人、牲畜甚至天空视频，厌倦后
他的起床仪式便正式结束
每次当他跑到客厅，我会偷偷爬上他的床
也学他的样子，敲着同一堵墙
——爷爷、爷爷、爷爷……
期盼也有一个人从隔壁走来或打开摄像头
告诉我一切都很好
只是另一堵墙横亘在生死之间
无论我怎么敲，惊起多少黑色的鸟
也不会再有人抱起我，放在自行车后座上
我们一起冲破人生中那些无处不在的墙

[B12D 区]

请记住我的位置：京东大厦
B12D 区，旁边是休息室和饮水机
我时常疲惫、口渴，没有一扇窗
可以打开，我接不到风和雨水
胸闷时，就使劲敲打键盘
想象是马蹄声从草原传来
那也是我的忧伤，请记下来
无法回到地面撒野，也无法挣脱
这透明的囚笼，去飞翔
连写给天空的信也寻不到地址
没有一朵云在风中把遐想签收
当我绝望，我的重量就是这建筑
砸进大地的重量，哦，悲伤
原来你也可以用深度去衡量

[又一个冬日清晨]

邻居家的豆浆机突然响起来
整栋楼在震颤，一把豆子像无数子弹
一场即将圆满的梦，就这样被打空
我假装睡着，然而豆浆机越疯狂
争吵声就越大，新搬来的夫妻，交战即决战
小孩子的哭声是正在裂开的冰
记得我小时候的冬天，裤兜里
总装满炒熟的黄豆，它们干瘪、瘦小
在东河西营的大雪中，嘎嘣嚼着
双手不时搓一下，那不由自主的力量在生长
父母几乎每天都在吵架
不可开交时，我就会躲进角落
一把黄豆死死摁在胸口，它们熟透的
噼啪声，能够掩盖我的心跳
和泪水砸进泥土的对于婚姻的绝望
世界安静下来，在离乡的这些年
我不断重建内心的秩序，只是有些事
有些记忆无法像这些豆子，可以打碎并忘记
我看着睡眼惺忪的儿子，轻抚他的小脑袋
想象是父母坐在一起，把我从噩梦中拽出

蚂蚁的重量（组诗）

◎ 赵大海

【作者简介】赵大海，本名赵均宁，山东省作协会员，龙源期刊网签约作家。作品发表于《人民文学》《诗刊》《北京文学》《星星》《诗选刊》《绿风》《散文诗》《知音》《视野》《思维与智慧》等。曾参加第八届全国散文诗笔会。

[知 足]

三滴雨，就够了
阳光看一眼就够了
一把土，就能开心一辈子，死死攥

俺的娘
越来越小和轻
在乡下，根扎得深

一锅屋，三平方，小土炕
一把米、半斤油、几度电、一点零花钱——

儿女前，向后退，频摆手
每次拉开小抽屉，就微笑：将来的身家，
这尺寸，也足够

一次次，回乡下
我止不住向小草，
合十、弯腰——

[重 量]

一只小蚂蚁有多重,
十只小蚂蚁有多重?

菜市场大棚顶,
一个破洞吹着鱼腥味和几片细雪。
有那么多的小身子,
钻进白菜心。

它们在替这些乡下的蔬菜
增加砝码吗?

整整一个黄昏,
电子秤的指针和卖菜的老阿姨
轻微战栗。

[海边之梦]

海在哪里呢?
不就在这个城市的最南边吗?

来,从地图上量一量。才一捺而已!
我们的蚂蚁黑小小,太小啦。
它看这距离就是锋利的、遥远的千山万水。

再者说,黑小小没时间呀!
一个馒头,远比海景值得咀嚼。

黑小小成了大黑,
没有到过海边。
大黑成了老黑,
也没有到过海边。

[中 秋]

整个小区都被惊醒,懵懂中
我在阳台
俯视一场疼痛。

一个孩子,头扎白布哭喊着:
妈妈你回来呀!
更多的白布,从一个单元里尾随而出,闪着霜

这是凌晨六点!
我们的七号楼被一阵阵呼号洞穿
妻在身侧裹紧毛毯。

这个日子,只要那个孩子的妈妈不回来,
晚上的月亮,咬在嘴里
就是咸的。

在车间僵硬的地面上

◎泥 文

【作者简介】泥文,本名倪文财,重庆开州人。中国作家协会会员。作品散见于各文学期刊和选本,出版诗集《泥人歌》(入选"21世纪文学之星丛书"2013卷)、《我多想停下来》。

我爱你爱得如此深沉,
是因你是决定我生与存的人。
——题记

[一]

我早就决定了,从来的那一刻开始
我要在你这里裸露
粗俗的山,瘦弱的水,不藏着不掖着
五年,十年,二十年……
你给我工业园,塑钢瓦搭建的房子
那些机床,那些声音
我早就无法取舍,所以我容忍
无止境地重复,在工业油污里
一毛两毛钱地累计
与川话亲近,与湘语模棱两可

[二]

在昼夜里
我跟着工件急速地走
跟着机床兴奋地歌

走着走着我就是工件了
唱着唱着我就是机床了
我遗弃锄头
我忘记镰刀
我依赖上了你对我生存样式的改变
我牛一样的脚步

[三]

三点一线，这都是你给我的
工位，铁架床，食堂
一顿饭我可以停留十五分钟
铁架床一天我可以占有三到四个小时
在你这里，我站着做梦，想家，想小山村
想到肉里，想到骨头里
想到痉挛想这个字的读音

[四]

其实我不想臣服于你的呼来唤去
而我的故乡
需要二两盐巴
一两钢安上锄头的刃口
我没有盐池可以煮盐
没有炼钢的熔炉
我的付出
多于我的生活，高于我的苦涩

[五]

我在削足适履
我在极力打磨，用我所有时光
就像打磨工件一样
用角磨机，锉刀，砂轮机，抛光机
我承接这时光的磨削

磨出泡，磨出血，而后结痂

[六]

机床轰轰隆隆
刀具与工件对垒
厂规厂纪的不可执拗
我接受着，你是命运给我量身定制

[七]

车间外面的花开了，香飘了
山绿了，果熟了，水在欢蹦乱跳
时节总会敲醒和感知
有一个地方在等我
需要走十年或者二十年倒退的时光
亲昵地呼叫，在你这里听不到
我像模像样的乳名
枕着你做梦

[八]

你抚慰的分量刚好能让我不离不弃
离了心疼，不弃也心疼
你于我的生活
让我精神一下又萎靡一下
在车间僵硬的地面上
你的胸怀，像锯齿一样咯咬
我游走于他乡的时光

最青春
Younger Poets

Cao Tang

飞翔的事物都是蝴蝶（组诗）

◎王 超

【作者简介】王超，"80后"。中国诗歌学会会员。江苏文学院第三期青年作家班学员。作品发表于《四川文学》《星星》《当代人》等。著有诗集《用闪烁的眼睛相向》。

[蜜 蜂]

从未见过如此迷人之物
像一只神兽，身体之上有老虎一样
的金色绒毛，细腰，膜翅
让身体变轻，隔着花朵，它
震颤那伶俐的翅膀，仿佛一只猛兽
在打探它的领地，仿佛梦呓
在叙述一场花事，而春风傲慢地推揉着
抚摸那些花絮的词语，蜜蜂伸长了
口器，它采集花粉酿造甜蜜
它不会回到那些旧事物里
不会作茧自缚，更不会停留在一朵
凋零的花瓣上，太久——它
在它编写的舞剧里，做最好的舞者
它曾震破了一轮圆月——

[麻雀]

晒谷场上平整干净
麦垛上横七竖八的桔梗,更像光芒
一群斑斑点点,叽叽喳喳的麻雀
捡拾阳光遗留的麦粒或种子
谷子要在秋天成熟,而雀声不会停止
我像一场风暴,无端地惊扰起它们
飞起,又落下,越来越多——
整个下午,我都被这些斑斑点点的精灵
一次次刷新飞起的幻影,有
那么几次,我看到它们时而缱绻
时而跳跃的姿态,像极了我们
这喧嚣而庸碌的一生,更多的麻雀聚集
过来,雀悦而欢唱,而我们
是我们自己的不速之客——

[落在地里的豌豆]

秋日被收割,曝晒的那些秧子
金黄,像秩序的公式被梳理成节日
地面上,田野里那些蹦出的赞美
是一粒粒饱满的豌豆
滚圆的秋,坠落成一粒粒温暖的词语

这些一年生攀缘的草本,多像一岁
一枯荣的小草,在时光的笔端,蔓延——
它们多像那蓬勃的野孩子,自由自在
可是,谁都有家,谁都有灿烂的春天

落在地里的豌豆,落在大自然的孩子
在出生时,便注定再一次成熟
成熟是另一种赞美,一季一季的——
泥土是最后的归宿,如我们离不开

这自然的属性,落尽山水或泥壤,做一粒
洁净而饱满的小豌豆,我们被长大——

这金黄的秋,野孩子继续任性
母土从未远离,她热爱所有的野子与花儿
一如我的兄弟姐妹,都是这大自然的颗粒
与馈赠,生根发芽,开花结果,被豢养
被包容,被教育——

[蝴蝶篇]

事实上,任何飞翔的事物都是蝴蝶
包括时间本身,包括向上攀爬的牵牛花
或菟丝子,蝴蝶飞舞——
包括那些姹紫嫣红,翡翠的绿萝,鲜红
的杜鹃,蓝色的蝴蝶结,洁白的裙裾,它
多像那蜿蜒的浪花,而大海就是最大的蝴蝶
澎湃或缥缈,状如蝶(幻)梦

而时光真是最好的容器,把四季装进
飞舞的旋律,有时候翅膀不是用来飞翔
而是用来冥想,用来涂抹——
诸如我所看到的蝴蝶:黑、白、花、黄
是尚未完成的油彩,或水墨——
当这些画稿掉进思想的泥沼,便学会飞旋
当我再次发现蝴蝶,在我寂静的窗前
我知道,我即将跋涉,又一个春深
正向我缓缓打开——

[松壳]

带着它干透且张开的喙
带着最后一丝风和山谷的回音

铁锈一样,那些落地归根的事物
保留本来的样子,安详而
从容,那是时间的嘴巴向你诉说
那是曾有过的,怎样的孕育与饱满
松针在树梢摇晃,刺破谎言
一不留神,大鸟将时间的果实吃掉
扔下壳与时间的秒针、分针和一株株树
时光里有裸露的部分,恰如一个老人
模糊不清的表情,犹如被风干的事物
如同虚无,带着它的节令
当你触摸那些真实的肌理与松壳
分离如我们的孩子,有序而残酷,像
一把慢慢变旧的刀子——

[雕琢]

豌豆苗破壳而出,顶着露珠
铁线蕨吐出鲜嫩的舌头,整个森林青葱盎然
我想返回更远的春天,返回史前
恐龙女是怎样受孕或灭绝的
至于花朵或伊甸园,至于落叶或蝴蝶
那是怎样的逃遁或隐秘,那绝不是因为恐惧
那么好看的颜色与形状
那是一种天赋,包裹与装扮
再没有比逃到身体的内部,或外部
更迷惑敌人与自我的了
我听到风吹树叶的声音,百花明亮
蝴蝶不舞,野草长成花纹的样子
我看到雕刻的线条,体积,明暗,放在雕梁画栋
笔者散佚,而岁月也是一位能工巧匠

现在我们开始返回（组诗）

◎罗霄山

【作者简介】罗霄山，男，贵州大方人，生于1982年，《走火》成员。有诗作发表于《山花》《诗刊》《星星》等，有诗作入选第44届荷兰鹿特丹国际诗歌节在线诗歌朗诵会及多个选本。获第二届"尹珍诗歌奖"创作奖。

[搬走整座森林的木匠]
——致弗兰茨·卡夫卡

作为一个手艺人，他当然保有
对手艺的激情。当白花花的木屑
将淹没他，一整座森林生木的气味
在四周弥漫。譬如春日阳光酿出
萌动的蜜，返回的候鸟将歌声
撒落树的纹理，而一只蜜蜂曾在叶脉
歇脚——这构成一个木匠，对手艺
最诗意的想象。他当然还熟悉
象征的把戏，用有关矛盾的辩证法
来穷尽世界的原理，运用隐喻
悖论和解构。就像他现在剖开一株
云杉，从中打通一条理解万物的通道
是一种深刻的对峙，或一种左和右
的相互否定，最终在想象与现实的天平上

较量。而有关此类分裂，我们可
理解为一切手艺的特征，或是窃取生存
修炼的最高境界。他当然明白
世界的荒诞，其实是一种必然，而非
一个小概率事件——荒诞才是世界的
本色。一具镂空的婚床，不能
完全揭示爱情的慌张，但爱有着笃定的
深久的痛；一个浴桶不能洗去
灵魂深处浸染的黑，但我们要肯定它
维持一具干净肉体所做的努力。哦
亲爱的兄弟，卡夫卡先生，当你
将一块木板推平，反射出清洁的光
你眯起左眼揪出一些细小的凹陷，修正
一些微不足道的瑕疵，你以木匠的身份
搬走整座森林。你告诉大家，必须维持
劳作，我们才能回到纯洁的人的群体。

[记忆的属性]

除掉不必要的修辞，打开肺叶
如同打开一扇聆听世界的窗子
一束光线对细小的尘土予以指认
一段寂静在喧嚣过后，完成对燃烧的
爱的注解，尽管是以灰烬的面目。

现在我们开始返回，重新唤醒
经过的一段旅程——你翻开床铺
沙发，旧电视面板，一个陈旧的抽屉
一个发夹还有头发粘连，一张信纸
浸染开的墨迹，呈现出朴拙的样子。

一个空空的易拉罐，藏着踩裂后的
脆响。一粒多年前的安眠药片滚动
挣脱了被稀释的危险，难以对清醒
说不，它宁愿这样而对睡眠保持警醒。

一个人沉默寡言,走进一段虚空的时光。

我们继续返回,回到旧屋倾听
儿时的心跳,回到某一个黑夜,与
窗外凄厉的风声争吵。回到蹒跚学步
每一步的惊惶,回到第一声哭泣
回到母亲的子宫,小心翼翼地盘算未来。

[致一名死者]

她必得经过一段黑暗的隧道
才能抵达灯光的彼岸
这个冬天还是来了
冷冷旁观世人。所有美好的
愿望都会被风吹走
这是我们不得不面对的事实。
枝叶残落,颓败的秋离开
也带走一个人的体温和梦
她裹紧风衣,再一次将残留的光
从身体某个豁口泄露出去
她温暖别人,用残缺
雕饰我们臆想的完美!
隧道里和隧道外的人
有一些必然联系,通过空气
和一点温度,将黑暗稀释。
她向上、飞升,主抚摩她头顶
并收紧光束,闭目不语。

[半山旧屋深藏无边的黑]

半山旧屋在阳光照耀下
呈现出琥珀般的颜色
木质结构风雨飘摇,每于夜里
嘎吱作响。时光在墙壁缝隙

悄然溜走,庭院依稀可辨
只是杂草丛生,将一些线索掩盖。
把镜头拉近一点,可辨识出
斑驳的土漆,镂空的窗棂
正面临缓慢的腐烂。
阳光照不进去,陈年瓦片
静默,对一切过往的光线
和色彩说不,并板着一张
严肃的面孔,隐隐透露出
金属般锈蚀的质地。那里面
有幽深的漆黑,演绎着时间
之重,幽深到无边和空旷。

[父亲在下午静静打磨一枚钉子]

这枚钉子锈迹斑驳。父亲
找来锉子,坐在下午的阳光里
将它细细打磨。父亲从未
如此精心而忍耐地对待一枚钉子。

父亲弯着腰,花白的头发
一浪一浪地拍打他荒凉的额头,
固执而倔强。隐秘且持续的劳动
让父亲看起来像个精明的孩子。

我知道父亲的想法。这枚钉子
将要嵌入方凳的木质年轮
去与另一段时间和解。在阳光
照射下,明快而忧伤。

父亲沉浸于劳动的快乐。钉子
将焕发青春,方凳将缓慢进入
老年。父亲乐于其中,仿佛在
烟尘弥漫的尘世清理自己的骨头。

写作杂技师（组诗）

◎ 杨依菲

【作者简介】杨依菲，四川成都人，北京师范大学文学院硕士研究生在读。

[乘 客]
——记半便士桥的雨中日落

无法使它停下来，无法
使它停下来。再怎么忙碌
不过是机器般旋转的手，往车厢里塞满乘客
日子仍在开走，一班班永不回头的快车。

我在记忆的褶皱里藏了好些动词
它们也徒然地忙碌着，时不时
弗洛伊德般松掉门锁，颠倒起梦与希望的暗室。
真空般的小岛上，旧日都柏林的碎片
在潮湿的街道间打转，是清晨紧闭的
酒吧的玻璃门上一晃而过的红发女人
是历史充血的醉眼里扬起的尘
又被仓促的落雨，击溃为
泥泞中的步行：
犹豫的，深深的脚印。

写作，或者说
亟欲证明和辩解的不甘，逐渐闲置下来
不求被任何一位教授录取，我用带口音的英语
和街头的青铜乔伊斯，聊聊走调的天
聊聊一个人的故乡是另一个人的流浪之所。
事实是，没有哪个合唱队，投资银行
或演艺公司愿意收购我的故事
而我对此不再感到为难
志不可得，而年命如流
终于，我允许了我的快活成为二流的。

冒着雨，所有的贼鸥
都往同一个西方飞去
我目送它们像告别隧道里朝未来睁着眼睛的一位位乘客
永远徒劳无收地，缺乏伴侣地，绕开主线任务
被载往莫名其妙的地点
着手起几件没意义的事。

即使这是一场游戏,我仍旧年命如流,如流,如流
无法使它停下来,无法
停下来如同我身前与身后的那些无论是有家者,
　是挥霍者
是胜利者,是青春与微笑者,还是徒劳者。

在夕阳的波浪里,还有谁
会不愿意被跌落
被幸福所摧毁,被虚无所蚕食
对此,我不得而知。

[写作杂技师]

双手弹奏笔记本电脑的人,在半空
走第一万九千零三十二步。
目前,他保持了完美的平衡。

脚下,业已完结的化险为夷:
一条拧得最紧的飞机尾云。
一旦形成,就被风吹到身后;
面朝之处,永远什么也没有。

最恐怖的,不是
誓言般嬗变的气流,不是深渊底部
蟋蟀群嫉恨的呐喊
而是这里,没有提前于脚步的道路。
最恐怖的,是对落空的恐惧;最恐怖的,
是成为经验里的第一人。

必须开始这尚未开始的,结束
这尚未结束的,必须信任
那无法求证的,必须发生得
领先于事实上的发生,路线
才会按时成为脚步的镜子。

必须一次次抬起左脚
在落地的一刹那,
那注定出现的,才会成真。

[爱得更多的那个]

宁可笨重一点,成为
屋檐。而不是
秋千,
荡漾,荡漾出秋天的版图。

宁可继续忍耐,成为
岸,当心与心在水边
建筑倒影的房屋。而不是
用影子刮伤水面的
燕子,
嘴里两把利刃,余晖做成。

宁可重新开始,成为
野火,
成为被野火染红的白发,
成为被野火噬尽的前功。

宁可成为爱得更多的那个。
成为爱。
成为更多。
成为那个。
——如奥登所建议的。

失眠侧记（组诗）

◎马青虹

【作者简介】马青虹，生于1993年，四川平武人。巴金文学院签约作家，著有诗集《身体里的豹子》。现供职于四川文化艺术学院，从事创意写作教学。

[上午的阳光]

太阳仍旧穿透古城墙
时间的灰尘在光束中
平静地飘浮
书柜上的经典
每日都不断更新着
也重复着
紧贴书脊的书签
见证着有常与无常
我时常阅读同一本书
却不常梦见同一个人
我知道当太阳照常升起
我们仍要看见
爱的原点
山体灵秀的身形
你模糊的轮廓
让我感到美丽而危险的晕眩

[失眠侧记]

三月的阳光朝着安昌河攀爬
耳畔不断重复的诵读声
被一扇红漆木门隔离

一个人清冽地横在风中
一只手隔山隔水地抚慰你
三月的阳光朝着大海攀爬
三月的阳光像你所有的情人一样
在你苏醒的刹那饮空酒杯
又面色红润地被灰尘覆盖

[鸟 岛]

当一只乌鱼从容地
将自己的鳞片摆放在沙滩上时
我才得以目睹那些遥远的雪
只属于飞鸟的岛
重新与生活连接
江水退却
我如同归人一般与它相认
忽而忘却了身后
永远失眠着的城市
这些雪从记忆深处不断涌来
裹挟着上游的泥沙、枫叶
以及一株将自己紧抱的菖蒲
我平静而羞怯地
将所有的雪再次翻阅
我知道当水位再次回升
这座岛屿将重属那些斑鸠

而另一座岛屿也将
被一场下了多年的雪所覆盖

[惊 长]

青春期，同伴们都在夜里飞翔
长出一双拉风的翅膀
在这样的有趣体验下迅速长高
而我从没做过这样的梦
我的成长，无疑都是
在恐惧和求生下被迫的
被声音如父亲一样的利爪猛兽
或者一群带着诡异情绪的幽魅
追至童年随母亲打铁矿的山崖边
然后毅然决然地跳下去
在这样反复的练习中
我对跳崖这件事轻车熟路
后来的梦里我不再迟疑
遇崖便跳那时我真的害怕
哪天我会混淆梦境
直到昨夜，我才第一次
梦见自己长出翅膀
却又被一人嘴里的暗箭射中
陨落在晒坝的婚礼中

在黄昏时，抵达吐鲁番盆地（组诗）

◎苏 玟

【作者简介】苏玟，本名王世虎，1994年生于甘肃张掖。甘肃省作家协会会员，《作品》特约评论家。写诗、小说兼文学评论，著有诗集《如此黎明》《柏舟》两部。现居新疆乌鲁木齐。

[黄昏里]

孤独是什么？一种形式
向上的哲学，是黄昏里春天的马车
马车上坐着我们向东而去的年轻母亲
我的母亲是我的爱人
我的爱人曾在秋天的葡萄架下等待落日余晖

孤独是什么？爱情的月光下有红豆
有相思的流水，和山丘
黄昏里我们一再隐忍沉默
列车穿过了迷人的隧道也只是
抵达了窗口的部分，黄昏里夜幕上涌
年轻是通向高处的可能
黄昏里坐着祖母，坐着星群璀璨的女儿

[我心中的库木塔格①]

一片晨光，一径斜阳同时直入官殿
你可有听见从天际尽头传来的盛大语言
罗布泊，嘉峪关，和西域铠甲
你听，一片沙海是一片流动着的母亲岩
当城市和沙漠重新修订在史志中从而演变为自然的法则，
  也可定义为生死之道
如果一截白骨和一粒沙尘相互对等
那风沙中嘶吼的可是北方道士，还是赤脚僧
一整个昼夜十二个时辰足以覆盖足以掩埋
那些流动的，前进的士兵，有龙的身形
修建城墙，土柱，岩塔，登上方山
一座城堡里居住着一个消失之国的命运
库木塔格，是爱人，是将军和将军的车轮

①库木塔格，在维吾尔语里是"沙山"之意，库木塔格沙漠是指"有沙山的沙漠"。被世人誉为唯一与城市相连的沙漠。

[空悲切]

黄昏时分，枯木逢春
当期盼着的过去从雪山脚下重新进入视野
光因此而有了水的成分，光成为水
在充满海声的夕阳中伫立于某条小路的尽头
你可是看到了什么，难道是因为故人？
什么是转折，什么又是悲切？
马灯和蜡烛遗失在叹息中，成为孤独的词条
多少事物在人们后来的目光中成为过去
成为没有疼痛的触角，一声蝉鸣
也仅能照亮一小块天空，一个人是天空逶迤的部分
天空是人类的高山，高山是羊群倚仗的热情
阳光下每一个石子都充斥着青草般的朝圣

[坎儿井①抒怀]

一口井是一部断代史,更是尊崇
一口井由竖井、暗渠、明渠和涝坝组合构成
那是漫长而寒冷的冬天祖父佝偻着身子
凝视着不远处的博格达峰②凝视着天山
吐鲁番盆地四周群山环抱有如一位受孕的母亲
何以定义奇迹,何以定义男人和生存
从汉至清,那个地下劳作的青年男子
匍匐跪立在甬道中,以火为引,以水为信③
掏挖者背对着油灯,始终挖掘着自己的身影
一口口天井成为性命和长寿的引擎
坎儿井,我们期盼着热爱着又流泪的眼睛
坎儿井,在历史长河中成为地下的长城
而今我在腹地疾走,整齐有序的小土包
成为我心痛的部分,干枯的竖井
后来者都应该闭目倾听,古老的回声
是砂砾和黏土胶结的共振,是涌动的陶瓶

①坎儿井,古称"井渠"。主要工作原理是人们将春夏季节渗入地下的大量雨水、冰川及积雪融水通过山体的自然坡度,引出地表进行灌溉,以满足沙漠地区的生产生活用水需求。距今2000多年历史。
②博格达峰,海拔5445米,位于东经88.3度,北纬43.8度。是天山山脉东段的最高峰,全长300多公里。
③以火为引,以水为信,是两种挖掘明渠和暗渠的方法。

悲伤书（组诗）

◎李曙白

[标本]

落叶以自己的衰败
掩盖整座山林的腐朽
一棵树截肢后
四处寻找宣誓忠诚的右臂

时间是用来遗忘和背叛的

多年之前被捕获执行过死刑的蝴蝶
由一册活页夹挽救了美丽

[死亡是一场大雪]

覆盖一切　对于死者
这个世界只剩下白　无边无际的白

我们再也不能给予他什么
荣耀　财富　诽谤和嘲讽
一次意外中奖的惊喜　或者关于一桩
陈旧债务的无穷无尽的争吵

白茫茫大地真干净　只有我们
还在俗世的污泥中挣扎
无望地拒绝无望

死亡覆盖一切　一场大雪覆盖一切
雪地上的足印　我们的
从未消退　也从未更加清晰

[悲伤书]

一只没有底的篮子
假如连良知都无法留存　我们的悲伤
将落向何处

当石头的潮水　一再淹没悲悯者
微弱的呼声　当死去的人
绕过生者的目光　在最深的寂静中
腐烂　无人在意他们的离去

我们该为谁悲伤？

为死者？他们早已厌倦人世的一切
为不合时宜的醒者？他们正渐行渐远
或者为石头
为那只残破的篮子？

在古老的汉语中　悲伤是一个崇高的
词语　我已经不敢成为悲伤者

[黑与白]

把一只黑手套放进黑夜
我们看不出它是黑的

多年后我还发现另一个命题
把一只白手套放进黑夜
我们也看不出它是白的

隔着遥远的岁月看那两只手套
就像看卸妆后的演员
黑与白都只是一层油彩

世界与我（组诗）

◎刘 涛

[声音以及音乐]

每一群人总能发明陈旧的竖笛
用以表达心中最远的风景
每个人都有修长的手指
用以控制空气中流动的风
每个人都可以仰头向天——呀——啊
却在抒发着不同的情感

当记忆可以被模仿出来时
有人会动用石头、碗筷，甚至不惜
砸碎完整的花瓶
因为它们和前生那么相似
而今生又无法企及

我们制造出各种声音，是因为
内心永远有一种走失的风景
而我们那么慢
失去了这种声音
我们就不完整
我们努力用世界上一切声音
去追逐本原的声音
甚至不惜破裂、摔碎或死亡
那些鼓声永在耳畔
那些叹息永在死者的亡灵书里

[春天的风景]

在麦盖提，一驾马车驶出春天的风景
雨、沙尘，艾德莱丝绸
甚至是马的喘息

在深深震动着南疆的春天
从不懈怠的马
在公路上运走了乌云
但是麻雀又接踵而来
它们栖落在艾力家门前的桑树上
用力喊了一嗓子——

晚霞就从遥远的喀什飘来……

[巴扎上的写作]

我的词语常常被熹微的光照亮
它使一切隐喻失效
而光中赶来的电动三轮
载来成吨的词语和马

这使我相信巴扎上的写作
在这里产生的每一个词
都是有分量的
动词的斗鸡。形容词的山羊
它们产下的词汇量大得惊人

南疆，盛产词语的故乡

这些词语日积月累
冲胀了我的书房
而奔涌而来的马车
从一个村庄向另一个村庄

在这样的时刻
我总是拉上窗帘
用以拒绝那些多余的光

[一只鸟]

在荒原上空空地张望，一只鸟

整个天空都是它的
整个大地也是

如果累了,它就撒下天空
歇在自己的石头上、枝条上
除了暴烈的阳光
它一无所有

正午荒原点染出清晰的影子
它瘦而小,却是
大地上最浓烈的色彩

乡村记忆(三首)

◎李 强

[下雨了]

下雨了
门关上了
窗子关上了
蚊帐也关上了

蚊子吃了个闭门羹
生气掉头走了

世界安静了
大山外的运动
大山内的活动
按下暂停键了

牛得到了草
鸡和鸭得到了谷粒
一个孩子最幸福
同时得到了
父亲和母亲

[辽阔与寂寞]

从前我们挤在一起
真的分不清
你的、我的、他的
真的分不清
辽阔与寂寞

没有隔离
没有殖民地
没有一条旁皮鱼
分得清井水、河水
蜜蜂与蝴蝶
随机采访黄瓜花、南瓜花
蚕豆花、豌豆花
木槿花看在眼里
一言不发
她还小
还不会开口说话

张三端坐在李四堂屋
乘凉或者烤火
没话,就不说话
有红薯、苞谷、糍粑
就着苋子火烤熟
往往半生不熟
吧唧吧唧咽下去了

雷鸣电闪
雪雨交加
草鞋与布鞋

蹼、爪子、蹄子
挤在同一处屋檐下
远处辽阔
近处寂寞
心怦怦跳动
雪与雨越下越大
他们越挤越紧
暂时忘记了
身份与前程

[双休日想念蜻蜓]

蜻蜓是美好的
蜻蜓高高低低
高于地下的蚯蚓
低于天上的鸿雁
一般来说
一生中的大部分时间
略高于花花绿绿的蝴蝶

它飞
飞在旷野、池塘、打谷场
它憩息
拣不高不低枝头
它不声不响活着
不讨好权贵
不嘲笑落魄之人

它写诗
干净、宁静、轻盈
专注、直率、务实
怎么说呢，蜻蜓之风格
大约介于李白、杜甫之间

想做的事（组诗）

◎张敏华

[想做的事]

昨晚失眠。我嘴里有薄荷的
味道。夜是一种隔离。蜘蛛在月光下
补网。

坚持在做的事，并不都是我想做的。
——切开的苹果开始变黑。
不曾经历过，我和一棵银杏树
成为朋友。

午后，我将一位来社区
打流感疫苗的老人，从电瓶三轮车上
抱下来。

[平江路，兼致诗人长岛]

苏州之平江路，太过于真实——
木桫，静谧灵悟。苏扇，
扇来善往。羿唐丝绸。桂香村。
兽兽冰激淋。布兰兔。寻，
花吻茶。儒依。香遇……
这是人间十月天的下午，你的
游说让我入神，又
悄然走神。

你说，庚子年真快呀，一年如一日。
我说，一年如这一小时的
途中。
人群熙熙攘攘，口罩戴
或不戴，都好像

疑似病人。

从北往南走,我穷尽自己的想象——
民国。清朝。明代。宋元……
"平江路上,除了脚印,什么都没有。"
"其实脚印也看不到。"

仿佛那无序或有序的
可能,被秋风磁化,像平江河的
流水,被命运顺从。
——天暗了下来,
一个个隐身的老者向我们
走来,在平江路的
尽头。

[哀鸣]

有鸟在哀鸣。但我已没有
猎枪。树上也没有
捕鸟的网。

生而为鸟,鸟仍在哀鸣。
哀鸣,也不只是
窗外的鸟。

不只是我一个人听见,
但没有人像我一样将头探出窗口——
探出伤口。

[石头]

一堆沙子被弃在马路上,
其中的一粒,比其他的都大,
我称它为石头。
车疾驶而来,石头最先被
轮胎压着。

"为什么在采石场它没有
被完全粉碎?"
"为什么它被弃在
这里?"

这块茫然的石头,想回到南山上。
——它怀疑自己
不是一块石头,我也怀疑
它不是。

沙子的命运,就是渐渐地
忘记自己
是一块
石头。

植物学(外一首)

◎易飞

植物令人着迷
但我患有先天性近视
很多的植物在我眼里都是相似的
就像家乡的那些树那些草
它们陪了我大半生
我仍然无法准确地辨认
形色软件只能帮我
认出它们的名字
我能感觉它们的安静
不能分辨的是它们的形态
不像我认识的一些动物
擅长语言和表情
可以很快记住它们的特征

还可以快速成为朋友
但在动物和植物之间
我更愿意成为一株植物
简单、纯净、无害
看起来它们不善于交流
只在风起的时候相互致意
这正是我喜欢的方式
如果可以在水中生长
我愿意成为一株沉水植物
懒于展示
我的美与孤独
不浮现于这个尘世

[油盐饭]

油炒盐，盐炒油
油和盐翻炒清贫的日子
得一碗香喷喷的油盐饭
少年狼吞虎咽之后
在身体里沉淀了成长的筋骨和盐
却为中年和老年埋下痼疾
催升高血压和静脉曲张
你只能吃降压药
只能挑断血管
白色的盐要被白色的药物压制
血管需要引流
开凿因盐分过多产生的黏稠
你形成的重口味
明知难以冲淡，更不能宁静致远
总在某个节点越过那些
设定的界线。然后承受
生活的清算，却还是
难抑冲动

这是注定的因果
我们的母亲没有更多的选择
只能为生活加盐
这清贫而伟大的母爱
需要我们一生
慢慢消化

秋日的闲庭（三首）
◎陈 克

[一枚落叶]

一枚落叶是轻的，慢的。
它随同昨夜的秋雨潜入
我的庭院。

今早，它还在：
干净、素装。

总像是合着我心意的
一位访客。

[虫 声]

庭院里
虫声在夏季最为繁盛
夜深细耳去听
全是一颗颗
晶莹剔透的露水
清凉，消暑，安眠

入秋后
虫声渐疏

渐孤清、渐寒彻、渐嘶哑
那一声声
都销魂蚀骨，沁出血

[秋风闲]

你日趋清淡，
已渐不敌
书房那些肥胖而欺眼之书。

今天你在庭院散坐，
茶一壶，
书不过是薄如落叶的一本。

有时你翻翻，
有时让秋风翻翻。

恍惚半生（三首）

◎莲叶

[失去的稻田]

白鹭起起落落
水田以及水田里的稻茬
一恍惚，便失去踪影

而我，依然看见身体前倾，拉着一板车
　　稻子的男人
走了过来。他的肩头搭着一条旧毛巾
他把裤腿卷在膝盖上
他的旁边，一样前倾的女人，和他一样

把全身的力气交了出来

那时，我还很小
我追着田埂上的蚂蚱
奔跑

时常想起那只立在水田里的白鹭
那对年轻的、有力的夫妇
像直接长在田地里
穿过春夏秋冬
一身的汗水

[恍惚半生]

清早去瓦池湾开门、开窗
那里有我一所旧房子，漏风、漏雨
"只有把屋面重新翻盖，再粉刷才可以。"
我这样对你说

世纪之初是它的黄金时代

落日的余晖照着它
从前往事
是我急踩单车赶着把女儿送到妈妈家
再赶回来做裁缝

时空交错之中
那棵开花的四季桂
和这些笔直向上的水杉
看着它一点一点剥落洁白的墙壁

那么慢
那么慢

而我拿起钥匙打开它
仿佛觉得空茫茫的半生

被风从树影那边
吹
过
来

[约等于]

不要说话
亲爱的,要听

听黎明时雷声滚动
接受每一个怀着爱的词语

此刻,我站在屋子中央
看茶几上的百合花约等于另一种绿

缓缓开始新的一天
亲爱的,大地像是进入了默想

因而,部分披上了阴影
我注视着。我仿佛看见它们

抓住所有清晰的光
去爱那可爱的,无法长久的事物①

① 摘自玛丽·奥利弗的《雪鹅》。

柔软的清晨（外一首）

◎黄 舜

如此柔软的清晨
一些梦境在房间里显影
你穿过沙发和走廊,到阳台

收取晾干的衣物

为了不惊醒头顶熟睡的吊灯
你放慢动作,把脚步声
聚拢到窗台灰白色的棱下

窗外的景色
因早晨的灰光而变得虚胖
你在那里站了一会儿,看树和房屋
聚在一起,又逐渐分散
回到这一天,应有的位置

远处是山和云,风吹动时
空气里的绿色,像柳树一样摇摆
这样难得的平静令你深感活着的喜悦
抱上柔软的衣物,你转身
从灰暗的客厅回到卧室
身上长出光的鳞片

[记五月五日傍晚]

暴雨过后,傍晚
突然呈现金色,太阳像被捣碎后融入空气

小镇变成一块琥珀,被静置在
它某一年的时间里,与过去的影子重叠

如果有人走上街道
是否会遇到多年前的自己？

光,像熔化的金属,泛着瓷质的晶莹
充满整个房间

流向暗处,又渗入我们体内
检验梦境和现实的边界

我们因此，暂时变得无序，像一颗水晶
旋转着，退出生活的底片

反复抒情的草木私语（三首）

◎文佳君

[雨在下]

预警的雨如期而至
从傍晚一直下到午夜
节拍清脆的雨声
不会是老天对大地的掌声吧
这些惊醒我美梦的自然之声
让我想起　滑坡　泥石流
山溪水的暴涨　那年去过的村寨
寨头目送我们离去的卓玛
卓玛脚下的野草和她头顶的苹果

[青城幽静，不争不吵而大声地喊你]

心情当然翠绿如山中四月的芽尖
你说，青城天下幽
幽静得能听见叶子成长的喃喃细语

我通常会沿鸟鸣之声去山中
更多的时候打望树之翠绿
这么多翠，这么多绿的叶子
正是大树花枝招展的裙子

等着你来，盼望就是我的春天
在幽静的青城山里
我不会和鸟鸣争吵，不会和绿叶争翠
在贴近更辽阔的天空之地
我不争不吵而大声把你呼唤
我反复抒情的草木私语
用翠色保持天人合一的赤子之心

[童年的镰刀]

又一次，镰刀把浮云收割
散去的光，卸妆的伪农人
头顶星星，把夜晚放进庭院
直取花朵和粮食的国色天香

多好的夜晚，黑色铮铮
率性的颜色，引导我更深地眺望
每天都这样该多好呀：
陪父母饮酒，伴儿女收割夜色

做了一辈子农人的父母
他们在村庄里老去，翻晒旧日子
他们的光阴，粮仓里不存一粒
他们一直爬行在奔跑的路途

又一次，我带儿女打马回到三星村
在泥土上种花，植草
告诉儿女沾土的脚好走路
时而回去，磨磨镰刀收割旧时光

时光不会老去，我终将离去
儿女不会老去，我终将离去
该留下的都留下了
包括我留恋的土地和远山

惊鸟发出清响（三首）

◎霍效忠

[灾难是一本教科书]

纸张一定要比口罩洁白
那就用正在抽着嫩条的青檀树皮晒制
它可以传承千年
字迹一定要比蝙蝠漆黑
那就用无数发烧的不眠之夜
提取出凝重汁液
浸染那警醒而揪心的内容
终生无法遗忘
页码一定要比亡灵厚重
承载百科全书式的反思与反振
字里行间隐约听见啜泣
传递内心升腾的火焰
照亮这曾经惊慌失措的世界
然后矗立在我们面前
像一座镇定自若的纪念碑
每当夜深人静
向我们无言地诉说

[雨 荷]

一万吨暴雨无法摧毁
这些柔弱的茎叶
和它们屏息的宁静

顽强地撑开
反复躲闪　漂浮　沉潜
像醒目的信号在心湖升起
只要留下一颗青涩的莲子就够了

[月 下]

一群隔世的惊鸟
从幽蓝湖面升空
那绝美的飞翔
发出清响
月光如冷峻的软刀子
剔除最后一丝忧伤
直逼通透彻悟的我

小 满（外一首）

◎徐 赋

薄暮苍茫，燕子抄水
野鸭潜入芦苇荡
蛙鸣聒噪，困于青蘋之末

一只又一只蝴蝶，重生在
老庄的梦里
一代又一代人，在河边
走散。节气在分蘖

以另一种恰当的方式活着
古旧的铜钟敲响，鼓楼的晚年
守钟人去了哪里
似乎是，健忘症的前奏

或者是序幕
或者是，我为之所顾虑的
刻在碑石上的结局

[遇见秋]

飞鸟隐迹,寒蝉鸣
草滩上,涌入大把的金黄
轻风,把云朵的羊群
赶入更深的蓝

母亲弯腰
捡拾,屋后的菜园里
刚刨出来的
沾满泥土的土豆

潮湿的炊烟
等父亲,推开小院虚掩的门
右手提着镰刀
一捆带露水的麦子,扛在左肩

千萃山偶拾

◎卫庶

大风中
沿着弯弯的山路
登上西北最高处的远望亭
然后
从山顶捡一颗石子
从山下捡一颗石子
在掠燕湖中的红船边
用湖水清洗
即使还带着湿湿的泥土

也要拿回去
我以为
我带回了
整个千萃山的全部风景

这一树花

◎杨建虎

窗外,这一树花
开得多么热烈
如前世的火焰和爱情

不远的故乡
大地上的春色应该更美
当屋顶升起炊烟
敞开的田野里
有青绿的麦苗,晶亮的露珠
田埂上的花朵
摇曳迷人的色彩

当然,还有吹不尽的风
总在强烈地召唤
亲爱的春天,许多时候
我们都被安排在各自的命运里
沉沉浮浮

秋分词（外一首）
◎于成大

秋分是一个老地方、旧地名
打马归来，故国微凉

卸下疲惫与远方
只保留衰老和鬓上的雪
卸下山冈斜阳和道路
只保留枯木和鸦声

故地重游
只不过是一些用旧了的草木
只不过是燕换成了雁，荷
换成了菊

今夜
芦花无法摆脱西风的追捕
树叶无法推开眼前的霜
人间的苍凉，随窗外的山势起伏

[秋风是一种边界]

它的疆域仅限于一季
但足够广袤、辽阔——
高处栽种苍山，低处布置秋水
中间安放相思

足以把枫林变成十万座火炉
足以把月亮变成气球
越吹越旺越吹越圆

秋风是一种边界，在它划定的
版图中

菊、雁、蟋蟀、蚂蚱、落叶小径及
由表及里的凉由故乡到异乡的月光
不越雷池一步

石雕记（三首）
◎南 歌

[石雕记]

石头和石头有什么分别
除非雕琢它，给它户口和名字，
一个可以告别的家。
山水是另一种残酷，多深的睡眠
醒于锉刀多深的耳语。我躺在
手术台般的桌面上
一块灯光冻仿佛包裹来生
我的生命在急剧缩小
小如一颗葡萄，和另外的葡萄
串在一起，作为一件藏品的
主要部分，被改造。我和我
有什么分别，一生炫耀一个底座
除非我愤怒。我在江南的泥沼里
房价是最好的教育
一生只为了吐一个七彩泡泡。

[失业第 145 天]

一个连接日与夜的虚词
从书的折页里站出来
去买一条鲈鱼，姜和蒜

抖落一身鳞片，我寄居的唯一形象
提醒，这是一个空余的日子。
另起一行的日子，我撒上盐。
在餐桌前，数一数
过去撒过的谎
还不算太多，垃圾桶
能存下一点利息。
是什么永久地卡住了我的喉咙？
我精确地吃饭，
而无法精确地写作。
试一试醋，试一试它的位置。
像漫长的死亡提前注入体内
要好好体会这个过程。
衰朽就是那个要命的针头
知了一样咬住槐树。
一切都将木头一样烂掉
有些人已经提前烂掉了，
我是否也将那样，长出白色蘑菇
一串临时的悼词。

[白云山]

风弹着枫琴，一对偷听的顺风耳
湿漉漉的，谎言如蜜！
我的心呢，折叠又折叠，喷上油漆
像个暗红的"拆"字，等待着。
最后的阳光，搜查
我们租来的房子
我们冒充自己的地方
我们学来的那些官话
吐在昨晚的行道树脚下
味道如此难闻。
墨色渐浓，泼进自然的风暴里
背后是丽水城，那儿，
房价仍是房价
图案正变得复杂。

清明辞（三首）

◎宋北丽

[清明辞]

父亲大汗时
我喂糖水
怎么知道那叫"起身汗"
在江南贸然下车
在多蚊虫的湖边，停靠
父亲啊
人间那么苦
是该喝一口糖水上路

医生留不住你
父亲啊，其实我也不能
我安慰你，叫你别怕
父亲啊，其实我更怕
我宽慰你，你不会痛
父亲啊，其实我会痛
你来自冰封北国
也将独自回去
这一辈子，我将愧对你
人世的最后一句话

烈焰之后，一路往北
父亲
七十亿人的地球
再无人担待我的轻唤

你走后
我把每个想你的日子
过成清明

[秋到坪上书院]

此刻，不惧秋风的残荷
一度在夜露中战栗
和着睡意蒙眬的秋蛰

一辈辈的等待
只有足够长的等待
这江湖之远
才成就这方广袤的热土
舞笔成剑
雕花窗、画栋，茶盏与热语
今夜不问功名

一万朵桂花抱紧枝干
月色的半荫里满含隐喻
缓降的桂花是他乡的节奏
光影不长于表白
马灯与飞蛾默默交谈

香樟半明半暗的华盖
适合望乡
一片叶子落于肩
轻重如故人之手

[湖边]

浪唏嘘不止。风止了
春风剪柳
顺便，剪出一只谢家燕
留白处，用以安放——
昨夜的叹息，今生的荒凉

燕子比画湖面的辽阔
半世的光阴啊

在那棵起伏不止的芦苇里
请恩许我，自食其力
人生为了相遇
相遇为了告别

我们都不言及。岸
在残破的红尘微笑或哭泣
又窃喜——在这么多沉帆之侧
兀自游弋
在这霜雪之地
总有叶子穿过春风
总有秋水交出倒影

鸟 巢（三首）

◎杨发勋

[渡 口]

黄昏，坐如禅意
渡口与岸两个患难兄弟，彼此无言

夕阳就要收工，乌鸦拼凑夜幕
妇人难舍河床，捣衣。河水像她儿子犟着行远

一个等船的人，放出几只应山猴
唤来船家。对岸灯火阑珊

河坎上，那棵孤老的槐树躬着背
看河水涨落，日月轮转

[鸟巢]

一棵树舍下满身的叶子
却舍不下一个空落的鸟巢

时间弯曲。风从树旁
慢条斯理地抽出一缕黄昏的炊烟

左边静右边也静。大山抑郁
一泓小计量的溪流是它微弱的呼吸

原野苍茫,山村面黄肌瘦
唯有鸟巢接纳的落日气血尚足

我执意把我的诗放进巢里
指望它,孵化一窝叽叽喳喳的鸟鸣

[炊烟的味道]

咬一口,就吃出炊烟的味道
这是挂在乡间母亲灶台上的那串腊肠
临行时
母亲硬塞进我拥挤不堪的行李箱

在异乡。昨夜睡眠的嘴角上
残留着那股味道
抹也抹不掉。那黄亮亮的腊肠
似一节连一节的念想
被冷藏起来。又一一被我唤醒
我一直忍着不说
"身居异乡,吃一节腊肠就当一次还乡"

在双桥

◎王长征

今年的冬天来得晚了些
在时间的暮色和忧伤里
本分的地铁在走走停停
仿佛每个站点都是它的情人
这些灯火通明的城市也是它的
包括这些不断更替的漂泊者

它要选择最美的一张脸孔
将她载向充满灯火的市中心
如同一个贫富的分界线
双桥的人们脚挨脚肩并肩
走在漫长寒冷的冬季
仿佛一直能走进梦里
拥堵在此的汽车
发出急不可耐的呐喊
已经遗忘了曾经坠楼的少女
在泛着哀哀忧伤的雪地上
逐渐淡去

街边寻觅爱情的女子
一直晃悠悠走到今年
也许她们还将继续寻找下去
习惯了用皲裂的手
从冬天接下硬邦邦的钞票
疲惫的鸟从梦中醒来
丛林深处　收紧翅膀

下雪了　在双桥
这个令人心疼的地方
不管有多少悲惨命运的深坑
都将被温柔的雪平等地覆没

正午的县城火车站

◎周 兴

阳光从远方风尘仆仆地赶来
小县城的正午,火车还在路上
失水的苹果在红色的袋子里慢慢膨胀
暗夜里,它做过一朵苹果花的梦

我进南门,寻人启事像神秘的谶语
一个十九岁的精神病少女
走失在某个下雪的夜晚
她有爱她的父亲,母亲
从今天起,她和我相差二十一日
不知归途,成为某个家庭的隐痛

风缩小身子,在地面翻滚
一米多高的柱子上,蓝漆脱落
"你要多久才来找我,你要多久才能忘却过去"
少女的字句如同很多只深海的鱼,混进历史里

我想象着自己贴近黑色的铁轨,耳朵里
传来陌生的方言和孩子咿咿呀呀学语的声音
这是二月的倒数第二个日子
火车终于冒着白烟,爬进了正午的笼子里

墓 地

◎王方方

那年的雨,那年的风
在我身边滑过——
像短暂的彩虹
完成饱满的弹奏
毛山的星辰醒来很久了
山脚的花束,与
原野上的草木停止言语

爸,我在山坡
端详着墓碑上你的名字
笔画那么陌生——
所有的我都在哭泣
所有的你只回应以静默
曾经想去的地方还在远方
那些梦想,依然
停留在偶然闪烁的天空

爸,回家的小路泥泞
你曾陪我
穿越这山脚的迷雾
也曾带我
穿越河流,穿越人群
那流淌的声音
和整齐的果实
搁置,在一次悲伤的送别里

爸,这仿佛虚构的梦境中
风暴和闪电倾盆而下
我反复苏醒
确认与你的距离

你转身后留下的空白
让我欲言又止
——欲言又止

雨下在外面的世界

◎王近松

雨,下在外面的世界
我们居住的楼层
已停水一个月
毛巾变得憔悴
坚硬中,又有一丝柔软

当我看着远处
灰蒙蒙的天空
未知的梦里,掩藏着多少寓言
我无法得知,比寓言棘手的
是外面这场雨
要下多久

乌云划不动
天空(外一首)

◎林忠成

乌云累了　再也划不动那块天空
一块旧窗帘寻找擅长写回忆录的人

做它的主人
一块镜子在旧货市场等待擅长化妆的人
把它买走

一根秃得不成样子的笔
等一个老作家咳嗽完继续指桑骂槐
一副旧窗框等待一个多愁善感的人
把它装上墙
一块老木头盼望一个失意男人
把它做成门框　日日倚靠
遥望远方发呆

[荒凉的铁轨守不住婚姻]

五百里寻仇　当时是明朝末年
天下着毛毛雨
一个独眼男人盯着窗外残花半日无语
一壶茶在朝廷烧着　朱由检煎猪油去了

天空是喊大的　大海是撑大的
巷子是被一头大象弄直的
满天繁星是绵羊吃掉的
羊群也经历了1960年

一条小路要守住一个村子
一块石头要守住一个采石场
一个窗框要守住一个家庭
一截荒凉的铁轨要守住行将熄灭的婚姻

巫师要守住阴间和阳间的唯一秘密通道
一扇木门　要守住犹豫了半晌也没敲的
敲门声
一个旧邮筒要守住写好了又未寄出的信

银河、落日和母亲（三首）

◎张光杰

［银 河］

即使我顺着夜色里的山路一直走，也不能
走进银河。即使我像萤火虫飞上天空
也不能变成牵牛星
黑夜这么短，星子们很快就会隐身人间
这么多年，我在人世间奔走，总是疑心
那颗织女星，就是我隔世的亲人
当我娶妻后，爱人身上像长出翅膀一样
为我生下两个女儿
每天她送来第一缕晨曦
夜晚归来，她像一位披了一身星光的人
这让我深信不疑：她就是我转世的织女星
在这低矮而温暖的尘世
如果她绕着我飞翔，天空就会出现彩虹
如果我热泪盈眶
——嘘！这攒了一世的钻石，倘若从我的脸颊上
一泻而下，那是我欠下人间的
一条银河

［落 日］

落日啊，该有多么孤独——

从你的骨架，取出巴颜喀拉山，看一看
你风雪搅寒的脸
从你的血液，取出天下河流，就算一千挂瀑布
也抵不住你的两行热泪
从你的掌心，取出桃花、棉花、芦苇、旷野……
从你的脚趾，取出险峰、汪洋、飓风、暴雨……

落日啊,你一无所有
你把孤独,也交给了人间

[母 亲]

乡下的母亲,从不懂得说情话,一辈子
也不懂得什么是拥抱
她抱我时,用褟裸,用背篓
也用开满油菜花的田野
后来我长大了,她再抱我时,就用偌大的故乡
她伸开手臂,像长长的山间小路
也像隆隆作响的一列高铁,搂抱着我
更多的时候,我浪迹天涯
就像大地上随处野生的荞麦花
年年落下她头顶上悄悄变厚的一层霜

母亲啊!在人世间辗转
我是您身体里出走的那半轮残缺的月亮
今夜,我把明亮的那一半朝向您
让您的身上落满荞麦花的光芒
就像有无数的我在望着您
就像无数的我
正从天空降落人间

夜色里(外一首)
◎野老

夜色里,关掉房门所有的暗灯
影子失去呼吸与我重合
失去河流与山峦的人在夜色里站在原地

原地的地牢，地牢的原地
夜色的墙壁是坚实与破碎并存
——向左向右，头破血流的战歌
——向前向后，失去蝴蝶纷飞的悬崖
拥抱着点燃自己，灰烬属于马匹飞奔的草原
夜空向往的那点白，几根骨头唯一发出的闪光
夜色里，放飞鸽子一轮月色
自封黑夜孤儿，闭上眼睛
贫血游走的夜色拥抱我
雨滴在窗外歌唱明日的梦

[这条街挑着夜色的灯光]

学生、打工仔、无业游民、贩子成为这条街的装点
我是其中一者。我的村庄不在这
我的墓地不在此
邮箱里，黑色信封的签收人不是我
属于我的只是一颗无光黑痣
——游荡的夜莺
我羡慕它们的生活，我没有刻意
却过上了这样的日子
我羡慕这条街挑着夜色的灯光
我一生中的太阳与黑夜
并存。只有在这条街上
鸳鸯锅里的香料把它们隔离
啤酒把它们灌醉，影子倾圮
梧桐树两旁的出租屋成为承租者的
遗址。街头灯光反射，街尾灯光映衬
街道挑着。我在哪一头？上不去，落不下来
摇摇晃晃的是人间

独白与对话

现实主义精神的传承与创新

Mono-Dialogue

镜像的现实与诗性的现实

——兼论"现实"的多种可能

◎陈卫

处理作品与现实的关系,是每一位创作者必然面临的问题,无论在写作前还是写作中,乃至结束后,还得接受读者的追问。如何处理现实?——几乎成为作品是否成功的一个关键要素,也是中外文学理论中一个历久弥新的问题。在当今的社会中,"现实"到底指什么?这一词语,有没有发生新变,而且,有无必要立足当下,依据作品,再做思考?

一、"现实"有几种?

在现代汉语中,源于"现实"这一词根,除了"现实",还有:现实生活、现实性、现实主义风格、批判现实主义、革命现实主义、社会主义现实主义、超现实主义等,这些词语大众已不陌生,频繁出现在现代中国人的日常生活、文化思潮和文艺领域当中。

"现实"可当名词用,也可当形容词。当名词使用时,相当于指现实的生活,即指个人存在的具体时间和空间,也包含人所附着的地域、国家、种族、文化、性别等因素,这些因素因缘组合,得以构成人的个体生存环境。比如,我此刻的现实,即:2021年的春天,中国,这是我面对的现实。此刻,世界发生的一切,也属于我所在的现实生活,那是宏观的现实;而我的所思所想所感,潜意识和梦境中呈现的,并不是不存在,它们,构成微观的现实。那么,之前,2020年的冬天,则为过去。2021年的冬天,尚未来到,它指代未来。"现实"作为形容词时,"很现实"

或"现实问题",这个"现实"指一个人或一件事的严肃性和紧迫性,有待解决。

"现实生活"指更为具体的生活,如吃喝拉撒、生老病死、商品经济、医疗教育、国家制度、法律规则等。我们说到的"现实性",相对理想而言,立足当前当下,此刻此地,此情形,面临种种现状,以及可能出乎意料并期待解决的难题。"理想性",指的是设想、理想或幻想,不一定能够转化为现实(实现)。

带有"主义"的现实,还是需要另当别论。如"现实主义风格""批判现实主义""革命现实主义""社会主义现实主义""超现实主义"等,这一类构词为"X"+"现实"+"主义"的词语,大多使用于文艺方面,基于"现实"特点而形成的美学风格。"现实主义"这一概念,源于欧洲文艺观念,指描写现实生活内容的文学作品。所谓的"批判现实主义",指巴尔扎克、左拉等人的小说,反映资本主义社会的政治、经济制度对人性的扭曲,这类文艺作品有一个共同的指向:批判金钱至上、道德沦丧的社会现象。这些术语于二十世纪早期,随着翻译文学进入中国,与传统思想正在转变的中国文学相遇,发生了新变。中华人民共和国成立后的十七年文学中,这一类词,出现了新的前缀,"革命现实主义",有这种风格标记的文学,基本可看作是描写中国现代战争题材的文学。另一个名词"社会主义现实主义",作为文学创作主张,来源于建设社会主义的苏联,在中国的社会主义建设过程中,它一度成为主流文学的航标,要求作品歌颂社会主义建设。"超现实主义",来自西方现代艺术领域,它不像以往的"现实主义",注重客观而具体的外在社会现实,它更侧重对个人潜意识和心理状态的发掘,指向主观对现代生活的变形表现,也相对重视表现技巧,如采用夸张、渲染、变异等方法,表现现实社会当中人的复杂性和社会的荒诞性。

二、我们谈论"现实主义",到底要谈论什么?

在当前,我们谈论文学中的"现实主义",到底要谈论什么?我们的文学,有没有现实主义?如何现实主义?哪些是现实主义优秀作品?哪些是现实主义的发展或延伸?

文学既然缘于情,不可能不与现实发生关系,也就是说,文学一定具有现实性。因为文学从来不主张模式化、类型化写作,文学的创新要求,必然使作家们笔下的"现实"通过多种方式来体现。前面说到"现实"种类繁多,命名角度不一。在此,我试图提出一组简单的命名,以方便理解现实主义在当代文学中的实际情况:一种是镜像式的现实主义,如"自传",以及描写现实状况和揭示问题的报告文学,包括现今称之为"非虚构文学"的那部分文学,在小说、散文和报告文学中比较多。另一种称之为诗性的现实主义。它可以是小说,那么这样的小说,有一定的浪漫色彩,给紧贴着现实写的文学作品,以一个假想的出口。类似于鲁迅的《药》,给革命者的坟上,添一个象征希望的"花圈"。鲁迅的散文诗集《野草》,历来被看作是象征主义作品,没有现实的因子吗?有,如聪明人、傻子、奴才,如枣树、冬夜、过客,不是来自现实吗？它（他）象征着现实的环境或现实中的各色人物，不是吗？《茶馆》是不是现实主义题材？也许你可能会说，裕泰茶馆有吗？在北京城找不到呀。可那个时期的茶馆，哪个又不是裕泰茶馆呢？这就是我想说的诗性的现实主义。相对小说、戏剧和散文，诗歌中的现实主义，在我看来，大多在诗性现实主义层面。所谓的诗性，就是采用了诗歌的象征、比喻等方法，把诗歌从沾泥带水的现实中，提拔了出来，关联现实，并非完全的现实。比如，对应的某一个人、某一件事可能不是百分百，在高度的抽象中，它对应的更多人、更多事的概率相对增加。

"现实主义"这个词语，作为文学术语，在中国使用不过百年，我们新的学术系统，也曾借助它对中国古代文学进行过重新的划分，把《诗经》中那些描写战争，百姓疾苦生活，还有男女情爱，以及仪式的诗篇，当作现实主义诗篇，把屈原的《九歌》等来源于神话和传说的作品，当作是浪漫主义诗篇，由此分类了中国文学的两种传统。在这样的划分里，比如唐朝诗人，沉郁顿挫的杜甫，成为现实主义诗歌的杰出代表；同时期的李白，天马行空的想象和自由不羁的行事风格，人们称之为浪漫主义。这样的划分准确吗？现实主义和浪漫主义，一定是两块领地吗？我觉得，现在的文艺理论工作者，需要反思，比如《静夜思》，"举头望明月，低头思故乡"，现实还是浪漫？诗歌写的不就是人之常情吗？我以为，可以归为诗性的现实主义。李白的《将进酒》，与现实断然无关吗？并非如此。"君不见黄河之水天上来，奔流到海不复回。/君不见高堂明镜悲白发，朝如青丝暮成雪。/人生得意须尽欢，莫使金樽空对月。/天生我材必有用，千金散尽还复来。"哪一句无关现实？这也是由现实生发出的诗性的现实主义。

当我们考察某部作品，推断它是现实主义还是浪漫主义，一般以"现实"成分取用多少为标准线。我们以往是这样判定的：如果作品有原型，人物和故事发展及结局，都依据了事实，这个肯定划为现实主义作品。如果有虚构和想象成分，特别作品中有来自神话传说或典故，或者穿越现象，这类作品往往当作浪漫主义或写意作品，而我以为，这些认知都需要重新审视。在当前语境中，我所说的镜像式的现实主义，接近传统术语中的"现实主义"；诗性的现实主义，接近传统术语中的"浪漫主义"，但不能等同。这又好比中国画的"形似"和"神似"之说：形似，即类似镜像式的现实主义；神似，则为诗性的现实主义。

当前的学术研究，我以为，不光是为了继承前人的观点，更应该针对文学本身的发展和变化进行观察，一些不合时宜的观念需要质疑、反思、清理，有必要进一步思考：现实主义是否有了新变？只有对某些既成观念进行清晰地阐说和梳理，才有可能为当前的大众接受，展开有效的观念传播。

三、当代诗歌中的"现实主义"是一种吗？

为了贴近对当代诗歌的观察，我有意挑

选了不同行业,甚至有争议的诗人之诗,如臧棣、谢宜兴、青蓝格格、雷霆以及田晓华的诗。臧棣是大学教授,近年出版的诗集有《尖锐的信任丛书》《情感教育入门》《沸腾协会》等。谢宜兴是报社记者,《宁德诗篇》(2021,中国言实出版社)是他今年的新作。青蓝格格是人民警察,《预审笔记》(2015,文史出版社)有关公安题材。雷霆从事过教师和公务员职业,《雷霆诗选》(2020,团结出版社)是他生前最后出版的一部诗集。田晓华为资深骨科医生,《乌鸦布阵》(2016,安徽文艺出版社)中有他对职业和生活体验的书写。这些来自职场一线的非职业诗人的诗人,他们关注现实,诗歌写作多年,然而,表现的现实并不相同。

臧棣的诗歌争议比较大,批评者认为他是一个"神话"的大师,诗歌大秀智商,高谈阔论等等。然而,如果翻开臧棣的诗歌,从诗歌题目《梧桐协会》《牵牛花协会》《野狗丛书》《劳动节丛书》《死亡之杯入门》等看,这是不是有关现实呢?比如《劳动节丛书》,这首诗读过去的感觉,可以确定诗人在写他个人在劳动节中的感受,他把劳动当作美好事物来写。在这一劳动过程中,强调人与劳动之间,没有敌意。诗歌取材就是习以为常的日常生活,"烂"在何处?诗人观念庸俗还是写作方式陈旧?且不论这些,我认为,臧棣的诗歌,不是镜像式的现实主义,而是诗性的现实主义。他的诗歌,多从现实生活出发,有时用白描展现具体细节,当然,他更喜欢使用诗歌常用的暗喻、转喻、象征、反讽等手法,对现实进行针砭,他的诗歌偏向知性思考,不做直白抒情,可能不讨人喜欢的原因在这里。

谢宜兴从事新闻报道工作,他的诗风朴素,相对接地气。《宁德诗篇》总体看,是一部书写诗人的故乡变化的诗篇,诗歌有写诗人游历过各地特色、风俗民情,如《黄花汛》《听鱼》《敲鱼》《鱼殇》等,都是内地人可能不曾了解的渔家习俗;也有《我的东吾洋》这类略带忧郁的个人家史,"曾经为手被捉到的青蟹钳住而哭泣/为父亲的海带桩缆被台风肢解而忧伤/也曾一个人独坐岸边,看月下的海面/那么多银子,/我却买不起一张车票赴约远方";为地方立传的大诗如《弱鸟志》,写到宁德的过去与现在,贫困的沿海地区,当今如何与现代化接轨。有历史现象的陈述,也有沉痛的反思,更有昂扬的展望。我以为,谢宜兴的诗歌,镜像式的现实主义和诗性的现实主义是结合在一起的。

青蓝格格的现实书写,与前两人又有不同。人们以为公安人都是客观陈述案件的真实情况,但那是职业的需求。青蓝格格的《预审笔记》每一篇都是写预审现场,既有犯罪分子与警察的对话,也有警察对犯罪分子的神态观察和心理推测,但是,她会突破镜像式的写法,甚至写到犯罪分子的梦境。每一首诗,更像一出小小的话剧,犯罪分子与警察的对话,却像哲人之思。是诗人有意的虚构还是她想揭示人性的深层呢?我以为,诗人的写作目标,不是想停留在新闻记者那种镜像式的报道上,她所求的真实,如《残缺之诗》《灰烬之诗》中,皆是超越事件的真实以求心理和思考的真实。因此,她仅仅借助对犯罪现场的追述或预审场面的描绘，深入到人物内心进行合情合理的推测，采用超现实主义的创作方法。如果归类，她的诗，归属诗性现实主义。

田晓华是骨科大夫，他有一组诗《一个骨科医生的工作日志》，写了各种骨科手术，有截肢的，有复位的，有再植的，也有写老干部恳请医生做手术的场景。作为医生，如何处理这种把治疗当政治任务的事情呢？诗人用了戏剧场景的表现方式，通过诗歌中特有的跳跃，处理成杜运燮那种"轻体诗"。他的诗歌，因为来自工作现场，基本上都有真切的现实，又有黑色幽默的场面，容易给读者留下印象。如他在《骨科医生》中大声宣布"在手术中我从未找到过媚骨"。这样的表述，现实还是非现实呢？

雷霆的诗，接近传统的乡土诗歌写作，也就是人们普遍认同的杜甫式的现实主义诗歌。"官道梁"是雷霆诗歌中的主要地名和意象。他大多数诗歌，如《山中日记》《野梨花》《红山果》《花草尚未覆盖小径》《牛羊归来》等，写的是官道梁一年四季的风光，也有《霜降之日，想起父亲》《在都江堰想起父亲》等怀念亲人之作。在这些怀乡怀人的诗篇中，有着浓郁的乡土情怀，但是当我在地图上查找官道梁这一地名时，通过高德地图，没有找到。是地图测绘员遗漏了吗？还是根本就没有这个地名？后来，我去找熟悉诗人的朋友打听，才知，这个"官道梁"是诗人虚构的地名，他的故乡有一道梁，有一条道，曾经的官道，但是不是这个名字。这是什么现实主义呢？

通过对以上五位诗人诗作的观察，我以为，现实并不在当下诗歌中缺席，只是，表现现实的方式，更加多种。相对而言，从事记者职业的诗人，或从事基层工作的诗人，他们观察到的现实、深入、沉着、安静，给当代诗歌提供了新的题材和视角，超出了读者对所谓"现实主义"的原有认知。学院诗人的写作，在处理现实的时候，也不会停留在现实的镜像层面，会选择超越现实，集中于存在的形而上思考，做到诗与思的结合，向哲理层面提升。

诗歌地理

·《草堂》走进郑州·"拾壹月"诗社小辑·

Geography Of Poetry

夏汉的诗

[拂晓之前]

辛丑年正月,初八:凌晨梦醒,有句。录之。

梦中的陶醉,窥视中
面向无望的生命拒斥,回味着过往。那必是
非梦之醒,醒于燃烧。这时候
你说,肉体正在发烫。伸出的手臂
挽着的空近于虚无,像一个概念
蛰伏于无字书页。想往的褶子在延展
折叠中,有个绸缎铺就的海湾
盖向复婚的额头。你蜷缩于蚕丝被
做茧子的薄梦。缠裹,不再放开。
借助肉身的传达,经由悖论,补偿于缺失
挽回一的真谛,或爱的公理。①
这个拂晓到来前,有人递来了降压
药片。不再给予的机会,化为
遗忘的恩赐,永不再来。一切的追寻
皆是徒劳。在这个凌晨,唯有
默诵:要有光,就有了光。我的
一天,就从此刻开始,宛若一个创始,
　或有神的莅临。

①化自巴迪欧《爱是对悖论的处理》,译者:张璐。

[所有的]

辛丑正月,廿九,在午夜眩晕中,有梦有句。遂录之。

你又一次来过——
所有的想象,都不及一个梦境。臆造的
姓名,某个字是敏感的。姓氏
区别于性别和彼此的位置。你留下的
印痕,多于肉体。这刻,你区别于
隔壁的呻吟。所有的记忆凌乱而不连贯。花间
身影被枝条割裂,仿佛灵魂在散落。
悄然到来的,并非恐怖。你无声,如你的
性情,自然而随意于一次刻意。
这时候,倏然的电话会打乱写作中的
词语。曾经的编码,恍若前世。
当你无力接续,会走向最后的荷尔德林。
那里,一切混乱都是合理的——
譬如他写下:"我近了,去看那些
天神""他们把我深深抛下到所有活人中"。①
而他在犹如的节日里,你却不能。
你正独自一个人,走在傍晚的春日里,看湖边落花。

①荷尔德林《犹如在节日里……》,译者:刘皓明。

[春遇]

辛丑二月,廿一:饮酒,杂读。集句而作。

成年的梳洗后,柳树
不再拘泥于寻常的日子。你看见嫩芽
钻出枯藤,正如你穿过无数双
迷乱眼睛的黑暗,到来。这时候
是神的缺席,而你是自愿者。
这成为你自我的在场,谋划一次占有的快意。
皮肉被收割后,你叹息
我们只剩下唯一。你扭过去的
脸颊做出反证,竟又反悔。
方才有一场精于耕耘的忘我。
傍晚的铃声有疯狂的迷醉。

酒里的肉体,给医生送去更多的标本。
而缺失蜕化为你的空荡。
于是,影子相隔的一里又要重合
那是虚幻的一刻。而某种形式
是真诚的。这个季节,你开启记忆——
牙齿与之的较量。你写下一句:"我遇见
　戴罪的嘴唇。"

[桥]

辛丑二月,廿二,午后,微醺:睹物,
有感而作。

望见的一座拱桥。
所有的脚步,从那里走过。未曾留下
印迹。从不。有轻盈如影子
仿佛一个天使。那个雨夜,也有
魔走过,足音钉过你的心。
趋近,或远离,绳缚从未解开。
回首望穿的宿命,正在狞笑。
那些日子,走过了多少,已不晓得。
你说,只有自己。桥从不张扬。
有些脚步会停下,消逝。拱桥就是一座纪念碑。
但桥从不索要纪念。脚步
远去的那刻,桥还在,为自己的
存在注目。这时候,它会自语——
脚步会消失,我不会。或许再无崭新
替代故有。我的力量来自地层,
尽管那里有如水之柔弱。桥沉默于
更多的马匹疾驰。有一刻,它会仰视灵魂,
如月光到来。

子非花的诗

[玫瑰园的狂想·之一]

长天,长天,你有蓝色的悲鸣
犹如水果攥着一束臆想的光芒

远方,一颗红色的戒指爆出微响
你金色的醉饮让茶叶晕眩

身体是一个边界,蒸腾的水汽
弹出一朵怀旧的玫瑰
在我们的疆域产生回响——
从果核跳出的美丽瞬间
以及,童年的树叶上镶嵌的一弯新月

沉默者吸紧树叶和冬天
犹如我们吸紧千里之外的一枚硬币
尖锐的天空,让光阴受伤
硬币是疆域里一列脱缰的火车

钥匙吻着锁孔,金币飞向月亮
一朵玫瑰是最终淌过时光之流的精灵

[编织者]

十一月如初放的花蕾
充满犄角的天空
地球画下的一个圆弧
宇宙"刷"的一下,弹出一块新的瀑布

每个人脸上凝重而哀戚
"流逝",这是一个不治之症……
夕照抚慰每一张经过的脸——
面具背后的螺丝,一一被拧紧

田桑的诗

飞蛾是晚间的常客
她是编织暮色的织布机
"落花流水也被编织"
一块黑白相间的布从古代延展过来

编织者的双手也被编织
你把自己编进未来的暮色

[压舱石，或命运的偏执]

无数的偶然穿起来成为
一条珠链价值不菲
戴在你脖子上，但多数时候
你把它作为压舱石还给诗歌
免得词语锚链松动，随风摇摆
甚至飘起来，像断线的风筝

[冬夜]

睡吧，天空合上灰色的眼睑
柿子，这唯一的灯盏击中黄昏的心脏
山是垂直于时间的水
从天空泻下他的帷幕
被洞穿的腹部，吐出蓝色泡沫

树木平静如斯。突然，被某个情节击中：
一场关于冬天的宏大叙事
黑山羊，暮色中逃窜的省略号
旷野，在你的视线里远遁——
这一切，是谁，洞悉了星光的投影？
风，开始最原初的抚慰
黑暗终于得到漫游的许可证

你早已过了追逐风筝的年龄
秋天你收起风筝，为了
给南飞的大雁让路
让星星从雁翅不停的拍打间
撒下熠熠闪光的珍珠——
你把珍珠串成项链，戴着它

回到船上。你把它作为压舱石
还给诗歌为了压住船头
为了让劈面打来的涛浪在船舷上
碎成玻璃，化为灰烬，然后被风吹去
为了让诗歌经受住考验
你听见大雁在头顶嘎嘎鸣叫

[街景]

你把手举起，仿佛攥着一个意义
手松开，一个不确定的答案飘落下来
问题像是蚂蚁，在很多空隙钻来钻去
我保持着一轮缄默

事件闪动忽明忽暗的眼睛
一个卖红薯的老人牵着一个往日
一个少女迎面走来，人群升起奇异的背景
一朵花开在幕布中央

在瑟瑟秋风中你相信那不是偶然
不是！尽管你把它穿起来
戴在脖子上，当你把它取下来
它反而勒得更紧，甚至勒进皮肤
抵及骨头，仿佛压舱石或
命运的偏执让你不可能再有别的选择

[地铁 2 号线沙门站]

沙门有我能理解的门,也有我不理解的门
但更多是我能看见和看不见的流沙
被黢黑的波涛与漩涡裹挟着
卷入一个巨大的漏斗

当然有吞噬就有排出
那些走出站口的人要么低头
匆匆离去,要么茫然四顾
不停摁拨号键,耳朵紧紧贴着手机

我曾幻想有一天在黑洞边缘观赏风景
手扶栏杆,所感受到的震颤与撕裂
那一刻有我能想象的不可知力量,也会有
不可想象的神秘定数

但所有定数中必有一道看不见的窄门:
真正由沙子堆成

[老界岭]

午后天阴,雾岚渐起
后山传来几声野兽的叫声
熟透的野柿子冷不丁掉落
砸住蜥蜴的脚指甲

骨折的小叶白麻子
昨夜又掉了一把头发
整个夏天,连翘花在悬崖上
孤寂焚烧,无人问津

老猎人失足坠入深谷
多年后尸骨未寒
仍躺在月下的青石板上
旁边,溪水流淌,少心没肺

野菊花养在深闺,而秋风
宛若她散开的发髻
一棵青驴腿悄然立在远处
深深地为菊花的野性之美所震慑

不敢吭声,不敢造次
不敢像黄蛾一样
爬到锯齿峰最高的杜鹃树上
晾晒内心大片大片饱含汁液的云朵

李品的诗

[当我说寂寥]

当我说寂寥。你该知道,我说的是我们
在钢筋水泥的森林里迷失的星辰。
　　当我提起孤独
不过是说一棵在荒野瞭望的树——
风吹过去,云飘过去。鸟,也飞过
只有它,始终谛听着时间
和整个荒凉的寂静,每道年轮都由光芒铸成
当我写下平静。你知道
我其实在说一块石头。我必须像它一样
固守着,沉默。直到我能用自己的一生,喊出辽阔——

[牡丹记]

只不过迟来了几日。只不过几日前夜半
一场风雨,春色便在一座园子里空了。
这空被你的眼睛打开。被接踵而至的人群捕获
在声音里消磨,制造更密实的空。
这空轻易就裹挟住你,向比一座园子更深

的无意义
继续奔逃。少数没有凋零的花
褪色的脸也随之沉入时间被倾轧后的残破。
真实的一点香气，是从卖花的妇人手中
买来的。花环戴在头上，你却不由感到
　　一种可悲
养在温室里的花，已经不能遵从自己
想开时再开了。透过它们，你看到更多的脸
闪现时间被掠走的迷惑。你看到风
在每一张脸的周围游动，在不同的眼睛里
制造类似的旋涡。你听到有人轻声叹息
还没有怎样，春色便空了。还没有怎样，
　　一生便空了——

[散 步]

有时，我们会热衷于在日子上
盲目地画圆。我们会沿着固定的路线
走上很久。为了回到原点

我们会在傍晚带上钥匙
重新温习一遍出离，与回归的路
我们也会在途中略做停顿
为绚烂，或静美的夕阳驻足

有时，我们暗自惊心于那遥远的
必然的坠落——
分针仅仅跳动了两下
它就沉下去了。从树梢，屋顶
或湖水中央那座玲珑之塔的一个尖角

我们会接着往更深的暮色走去
提着晚霞般绯红的裙裾，穿过暮色
回去。那不止为了光芒
更为必至的黑暗燃烧的绯红的裙裾

有时我们会听到体内愈来愈清晰的

时钟的嘀嗒声。嘘，别说话
那熄灭的，不是最后的
恒星。今夜的星，还有更多

卢子璋的诗

[钟表嘀嗒嘀嗒]

怎样来拟定这份计划

有两只美丽的眼睛
戴着一顶瓜皮帽
头发在肩上俊秀
皮鞋有力而潇洒

鸡在一天天长大
粮食在一天天减少
望到一头下崽的老母猪
把公鸡拿到集上全卖了

会在你的情感上造成什么样的
影响呢
何必要拟定这份计划呢
在床上睡觉和在沙发上
和在席梦思上有什么两样

何必要拟定这份计划呢

钟表嘀嗒嘀嗒
男人在书桌后面
咀嚼一支香烟

[把生命还原]

把生命的本色在这里还原罢

没有一个永久的冬季
常青的记忆里
总有一个站在芭蕉树下的女孩

绿色的连衣裙装饰垂柳般的身体
含笑的眼睛如迎春之花
走回过去的阳光之路
在雨季
在紧缩的小屋里孤独

春天总有姗然的影子
把水点缀成玉
怀抱玉兔的嫦娥从这里经过
至今,一片如蒙蒙甘露的赞叹
仍在菩提树下滴沥
而后永驻
青春易逝的果树园

没有路灯照耀的明灭
总希望化作梁祝幻飞为蝶
蝙蝠衫的姑娘
把车子骑得大大咧咧
樱桃口型的姑娘
总是把头抬起又垂下

雨总是在编织着故事
常常在梦里向着希望的边缘划去

见鱼的诗

[新爱莲说]

相爱,如种莲
我的所求不多:
只需阳光,空气和雨水
以及你呼吸里
茉莉花的气息。

相爱时
有人出发去唐朝,找牡丹
有人出发去西晋,找菊花
有人出发去北宋,找莲花
……
均不知所踪。

在旱莲园
我才相信:
相爱后
爱牡丹
不如养菊
养菊
不如种莲
辟池栽花
不如旱地种莲。

[火 锅]

吃着,想着。吃火锅的人
交换着空杯子
私聊的筷子
夹着永远新鲜的话题:

星期一，老北京火锅
谈工作和国家大事
星期二，广东打边炉
说天气和流行服饰
星期三，东北白肉火锅
聊这些年的漂泊和生活的不易
星期四，四川老火锅
交换彼此五味俱全的婚姻
星期五，云南野山菌火锅
梳理共同浪漫的爱情
星期六，自创五福火锅
唠唠儿子和女儿
星期日，想吃啥就吃啥
痛斥一顿咱们叛逆的孙子

想着，吃着。吃火锅的人
交换着空盘子
有时鱼刺会鲠住咽喉
有时油烟会呛住眼睛
……关键是得保持定力
忍住咳嗽和眼泪

雁如的诗

［致友人］
——为友人生日而作

赤练蛇
立于墙角
环视四围涣散的暗淡
你对悒郁的现在的过去说
"你好，我们谈谈"

阵痛麻木铺陈于桌面
红酒杯空洞地无动于衷
月亮还是艰难爬上来
探了探来临的节日

你中年的指尖滴漏着的还有年轮
瓦蓝瓦蓝的上面
棉花糖瞬间变幻
鸡零狗碎布满天空
"那应该是甜美的？"
落满午夜的池塘
星子慵懒
那一定是晚上的好事情
一切寂静
为了蛐蛐们幸福的合唱

收拾一下吧
这曾经快乐不起来的日子
你还是坚持写作般弹奏
那些音符们逗点般彼此起舞
他们满腹狐疑
登上未来的日子

你确认
昨天那可是个重要的日子
你也说
突兀的刀片削着你任性的小苹果
我搬出一坛秦王的老酒
浓烈而芳香
琴声四起
美人她款款行于水中央

"是的，我们谈谈"

[思]

金色的松针，
落下风的寂静。
雪覆盖了一些记忆，
而另一些毫无察觉。

没有新意，窗棂残破，
如豆的灯火只照见自己。
西岭的千秋——
依旧浸出某些寒意的主题。

布谷鸟叫二月的初春，
格式化的稻田没有主人！
还还乡吗？
唯一的河流缄默着暮鼓晨钟——

重复的遗世独立，
穿着现世的霓裳！
不再芬芳。

金启明的诗

[二零零五，吉尔伯特在北汉普顿]

他是一个瘾君子，他无家可归
他结过好几次婚——
就让这些野故事停留在纽约
匹兹堡，和旧金山吧！
在北汉普顿，非常舒适
孤独也变得朴素

在一座雪松瓦的房间里
俯瞰河与草地

你曾在巴黎旅行，在意大利当记者
因为金钱，结束一场伟大爱情
回到纽约，诗人生涯开始。
获奖，也只是随便走走
躺在布鲁克林大桥下，整个下午
然后给耶鲁的人打电话。
出走希腊，不想待在纽约赶晚宴
聚会上他们彼此给奖金
这太妙了——他们做买卖。他们努力干活。

在匹兹堡时，我是那种奇怪的男孩。
我花了许多时间阅读。
在国外时，我不是参观什么地方
我生活在那里，并不是一个流亡者。
美智子死了，我也失去了琳达的爱
但我写诗不是因为它悲伤
而是因为它有所谓
但我也固执，决心得到我想要的一生

愉快。在绝对的美和安静之中
北汉普顿，一个田园诗般的地方
你的白发在风中吹
你的眼睛亮得让人惊讶
嗓门很高，谈到自己时有些迟疑
但，"你是你知道的唯一给匹兹堡
留下一种真正浪漫的人"

[717年观公孙大娘舞剑，754年杜甫在长安]

那日郾城的剑器浑脱
成了你日后生活的隐喻

六岁的儿童在剑光中
感受到雷霆的震怒，江海充满清光

儿时多病，你不能把握自己
于是你作诗、写字、学习
曾在邯郸春天的丛台上唱歌
在青州以西冬天的青丘游猎
而今在杜曲，在微薄的桑麻田中
丧失了裘马，放弃了放荡与轻狂

那年长安大雨
院中的花草都在雨水中死烂
决明子格外茂盛
绿叶满枝好像是翠花盖
开花无数正如他缺乏的黄金钱

[取 消]

那群人都去哪了？

我步行，经过空旷的
房间。身体里冷清
大于寥落，没有想叫喊

没有呼啸的火车
大街上，没有一头
短暂的鹤。相当疲倦

的我单独走着
仿佛陷在失去的集体

[雨中虚构]

蚯蚓竖起身子说，hey
三棵巨大的古树围着

一口井，巨大的蜗牛

手掌那么大
我把它放到寺庙佛像前
叫它听听念经，它全身缩进壳里
我走到旷野，稻田里

绿的震撼，稻子唰唰地长
雨就突然落了下来
鞋子里全是水，四周是

一望无际的稻田，没遮没拦
前面雾水茫茫，我全身湿透

好绝望啊。人在雨中越来越小
雨下落得就好像
谁按下了下雨的开关

牛冲的诗

[一条颍水与一个家族的关系]

我垂钓，我的利害，我的名利
一个身着红袍的法师，我看到
他站在干枯的树下思考
一条河与一群人的关系，一朵浪花
与一声鸟鸣的关系
一棵垂柳与一片麦田的关系

远处，渔夫在水流中打捞衰败的荣耀
破浪一遍遍拍打破碎的余晖
我，银色的战士，从虚无中诞生的一条鱼

创造我的河床，向秘密的峡谷游去
体内的历史瞬间成了
一只古老的船，两岸的流水
在头顶悄悄涌动

[母亲的冻伤]

无疑
母亲脸上的冻伤是这个冬天结出的硕果
依我看，它大概不仅仅是衰败的象征
我们从中可以读出一生的修辞，比如
像苹果花大小的疤痕，皲裂的枯枝
伸向死亡中的双手，有时，我们会看到
她脸庞的阴影，像一只潜水的鱼
缓慢地放弃了逆流，或许，向内看
我大概能够看到她佝偻的身躯和趔趄的步伐
这个季节，我的理解能力开始出现衰退
丈量庞大道德的勇气得到了根本性遏止
在她掌勺的厨房中，我甚至听到了
一颗西红柿和一根黄瓜的嘲笑，按照计划
厨房烧掉的六十个金元宝都会变成
她迟缓的祈福
大儿子平安，小儿子平安，女儿平安
她就这样，每个冬天都是如此

[歧路学子]

恐慌于高德的失算，一枚小小的学子
必须沿颍水逆流
在黑暗中递出叩雪的额头，他们
在黎明前旋转，停顿，在白纸中觅取功名

如侥幸寻到词语的局部，坐下来
填补句子的空白，抑或从一片树林中
发现流水的痕迹，太早太晚都不合适

夜归人的斗笠被风掀翻，黑夜翻译着
他的疾苦，这些我们都不愿阅读
只有船舷前的白鹭令人欢喜
它掠过湖面，发出一串幸运的低鸣

薄荷的诗

[立 夏]

槐花落了
开到应有的荼蘼
我不曾咀嚼

日子连着日子
在麦穗上
结出立夏

有一只纸鹤飞过窗台
抖了下翅膀
我听到了花开的声音

[边 缘]

我在一个城市的边缘
等待一列火车
我幻想着它在鸣笛
冲破夜色
把一个故事补充完整
或者
从一个故事
驶入另一个故事

我身在辉煌与黑暗的边缘
犹如一只蚂蚁
沿着早晨的衣领
爬向黄昏
把左脚穿上右脚的鞋子
我们都浑然不知
跟着去年十一月下的雪
用围巾把我们裹个严实

早晨会做梦
夜晚却无比安详
没有安眠药
也没有女人
只有洁白的羊
槐花
云彩
一切美好如湖水
我愿洗涤身体
接受父亲的教导
变成他们的一部分

陈平的诗

[二月，我们等待诗篇]

二月，我们等待蛰伏的小诗被撬动
等待花被一些词语簇拥
等待云朵被自己的倒影感动
等待一场遗忘随樱花洒下
你提着裙裾惊鸿般绕过
一个又一个　深渊

我们无力和时间讨价还价
逆时光之水
寻找河流　树木　花朵　和爱
那被整理过的日色
借一滴水在春天　复活
在被烟火遮蔽的缝隙里
筛下的小小幸福

胭脂用完了
桃花便开了
这个冬天
思念高于纸张
在词组之上悬浮
快要退场的时候
只用一场雪
证明自己纯洁的冷

[秋天，走近一棵树]

入秋的树
摇动自己各色的果子
像挂满了不知所措的句号
落叶带来的灵魂嗡响
无法入安静的茶杯
杯子里　一出生
就老于世故的叶子
和被火逼出味道的水
纠缠沉浮　有痛溢出
流动的赞美
便是一杯水
全部的禅意

没有人
会为一杯渐冷的新酿逗留
我们急着赶往下一个目的地
和下一秒
欢乐仅是那犹豫不决的小块时光
来时钟鸣鼎食　去时被一方石匣礼器收纳的
是那些生前过度修饰的人
他忘记了　自己同样在
降生时　痛哭过一场

世界越来越呈现一个玄学的命题
只与山川草木时光打交道的人
擅长从一片落叶
嗅到暴风雪的降临
从风雨挺立的竹子
看到被深埋的
盘根错节

所以
赞美是一种偶然
收割才是常态
除了死亡不在现场
我们都是时间的练习生
喜新厌旧　昼而复夜

子美逸风

Traditional Poetry

Cao Tang

杜悦竹诗选

杜悦竹

[海棠花辞]

人间有物华,未误春风约。
千山腾彩焰,万树联珠络。
白如冰绡剪,红则胭脂绰。
斗艳压青枝,争繁掩香魄。
一夕可倾城,同与众人乐。
花期应有信,我独惯漂泊。
重赏旧时花,复访旧时阁。
茫茫何所见,风动秋千索。
我醉花半开,我醒花半落。
醉时备温馨,醒来同冥寞。
花前相顾好,花后相思错。
相见觉来欢,花开光灼灼。
相见觉来迟,花落恍如昨。
花发去年枝,还绽去年萼。
似此十万株,繁艳难相若。
花开音渺渺,花落香漠漠。
不见去年人,空守去年诺。
花开风蔼蔼,花落天涯各。
徒见江流碧,常恨春阴薄。
宁不各相忘,问花意何着?
脉脉不得语,独立怅寥廓。

[长安道上]

王气浑难改,春风漫可寻。
红栖桃叶久,绿入柳条深。
汉阙生芳草,唐宫落野禽。
还添渭城雨,恍得旧时音。

[清明雨后午夜独归]

归去风烟净,林鸦啼自和。
楼高迎海气,灯迥接星河。
酥雨三春茂,芳枝一夕多。
鸡鸣真可待,直欲起长歌。

[咏蓝花楹]

初逢宁有意,久立渐伤情。
紫陌心常远,蓝烟态自轻。
那堪香脉脉,消得碧盈盈。
相见还相忆,花枝忽欲倾。

[锦城]

锦城风物盛煌煌,也合幽栖傍草堂。
草木笼晴春磊落,江湖散迹梦匆忙。
山头杜甫因诗瘦,竹下刘伶为酒狂。
此际苍茫尘海里,余怀渺渺立斜阳。

瞿茂松诗选

瞿茂松

[夜起]

中年无稳睡,小院立踟蹰。
尘梦风吹瘦,罡星鸟啄馀。
多缘今世感,大废古人书。
犹恐城门火,一朝殃及鱼。

[年嘉湖冬行]

冬日暖如烘,阳生景不同。
一条湖畔路,数里渡头风。
银杏绚金面,紫杉深绀瞳。
时光何缓缓,而我太匆匆。

[水陆洲]

弥望似瀛台,木奴无限哀。
鸦衔残日去,波撼古城来。
若过朱张渡,休夸斗石才。
死生诚大矣,君子故悠哉。

[蝉蜕]

碧城回首路屯艰,一种心情不可删。
黄雀绿螳朱户网,西风凉露野花湾。
莫因羽化思高调,已怯霜飞满故山。
为有药炉汤鼎在,恐循遗蜕访仙阛。

[圭塘河晚步口占]

沙界繁灯幻海潮,旅怀尘梦逐风飘。
潇湘木落雁声远,一袭单衫伫晚桥。

陈阳诗选

陈阳

[武侯祠]

碑光淹半壁,祠色映双眉。
锦里游声炽,相邻逐梦时。

[望江公园]

依檐竹径深,折岸大江吟。
市井何关事,浮沉惜本心。

[浣花溪]

田园虽不再,诗耀浣花溪。
俯仰流芳句,吟哦白鹭栖。

[风 语]

花随先发者,水濯过来人。
旦夕扶风送,苍茫几点尘!

[曲 岸]

曲岸三生渡,虚舟五蕴新。
流波因势变,细语赠何人?